湖北省公益学术著
Hubei Special Funds 出版专项
for Academic and Public-interest
Publications

第二辑

丛书主编 李建中
丛书副主编 袁 劲

本书为国家社科基金重大项目"中国文论关键词研究的
历史流变及其理论范式构建"（22&ZD258）阶段性成果

"游"于艺：
"游"范畴的文学与文艺学阐释

陈民镇　魏逸暄　孔祥睿　著

WUHAN UNIVERSITY PRESS
武汉大学出版社

图书在版编目(CIP)数据

"游"于艺:"游"范畴的文学与文艺学阐释/陈民镇,魏逸暄,孔祥睿著. -- 武汉:武汉大学出版社,2025.6. -- 中华字文化大系/李建中主编. -- ISBN 978-7-307-24960-8

Ⅰ.I206.2

中国国家版本馆 CIP 数据核字第 2025B25Z97 号

责任编辑:白绍华　　　责任校对:汪欣怡　　　　版式设计:马　佳

出版发行:**武汉大学出版社** 　(430072　武昌　珞珈山)

(电子邮箱:cbs22@whu.edu.cn　网址:www.wdp.com.cn)

印刷:武汉邮科印务有限公司

开本:720×1000　1/16　印张:11.5　字数:155 千字　插页:1

版次:2025 年 6 月第 1 版　　2025 年 6 月第 1 次印刷

ISBN 978-7-307-24960-8　　定价:69.00 元

总序　字孳字乳的文化：中华文化的"字"生性特征

李建中

人类轴心期五大文明(古巴比伦、古埃及、古希腊、古印度、中国)，惟有华夏文明传承至今，生生不息，个中缘由非常复杂，但文字的特性无疑是重要因素之一。同为轴心期文明，拉丁语的最小单位(字母)是无意义的，而汉语的最小单位(包括部首在内的字)则能显现独立甚至全息的意义，一字一世界，一字一意境。在漫长的历史演变之中，方块字既没有被梵化，也没有被拉丁化，中国文化因之分久必合，华夏文明因之亘古至今。

东汉许慎(约58—147)《说文解字·叙》曰："字者，言孳乳而浸多也"①，孳者孳生，乳者哺乳。从观念和思想的层面论，方块字是中华文化之母，不仅孕生而且哺育了中华文化，会意指事、形声并茂地建构起中华文化的意义世界。《周易》讲"鼓天下之动者存乎辞"，许慎讲"盖文字者，经艺之本，王政之始"，刘勰讲"心生而言立，言立而文明"，金圣叹讲"以文运事，因文生事"，一直到鲁迅讲"自文字至文章"和陈寅恪讲"凡解释一字，即是做一部文化史"，均可视为从不同层面揭示中华文化的"字"生性特征。

中华文化产生、传承并能在长久历程中与多种外来文化交流而生生

---

① （汉)许慎撰，(清)段玉裁注：《说文解字注》，上海古籍出版社1981年版，第754页。

不息，与汉字密切相关。汉字是一种世界上非常独特的文字，每个汉字独立且集音形义于一体。在上古，汉语以单音词为主，其中有些单音词成为中国文化的核心词，作为中华文化之元（本原与起源），在其后不断的演变中扩展、丰富。我们这套《中华字文化大系》，精选奠基华夏文明、代表中国文化特征的 100 个汉字（又可以称为"中华文化关键词"或"中华文化核心词"），一个字一本书，对每个字既作"原生—沿生—再生"之源流清理，又作"字根—坐标—转义"之义理阐释，从而在文化思想、社会政治、智性审美、民族心理乃至民风民俗、日常生活等多元面向，标举中华文化的"字"生性特征，建构中华文化的话语体系，彰显中华文化的巨大影响力和恒久生命力，为海内外广大读者奉献中华字文化高远的美学意境和深广的意义世界。

南朝刘勰（约 465—521）《文心雕龙·序志》曰："若乃论文叙笔，则囿别区分，原始以表末，释名以章义，选文以定篇，敷理以举统，上篇以上，纲领明矣。"①"原始以表末"四句，既是《文心雕龙》的理论纲领，又是刘勰文学理论批评的基本原则。刘勰的"文学"是广义的文学，与我们今天所说的狭义的"文化"（即小文化或称观念形态的文化）大体上是相通甚至是重合的。因此，刘勰《文心雕龙》"论文叙笔"的四项基本原则，完全适用于我们这套《中国字文化大系》对汉字的诠解与阐释。字文化大系各分册对所选汉字（以下简称"本字"）的解读，大体上在"释名章义""原始表末""选文定篇""敷理举统"等层面深入展开。

第一，释名章义。名不正则言不顺，言不顺则事不成。"字"的定义（内涵与外延）尚未厘清，文化阐释从何谈起？本大系所精选的汉字，大多是上古时代以单个方块字为词的核心观念或术语，既有形、声、义三大基本要素，又有从殷商卜辞到六国文字到篆、隶、草、行的历史演变，其语义还有词根义、引申义、转借义、修辞义以及词性活用的不

---

① 本书所引《文心雕龙》，均据范文澜注：《文心雕龙注》，人民文学出版社 1958 年版。下不另注。

同。凡此种种，各分册在诠解本字时，都是需要讲清楚的。

第二，原始表末。不述先哲之诰，无益后生之虑。本字的语义嬗变，既标识不同时代的文化观念，又贯通不同时代的文化命脉，故须从历史的层面对本字的语义嬗变作出阶段性清理和分时段呈现，尤其要注意在外来文化（如古代的佛学和近现代的西学）影响下，本字与异域文化的冲突与融合。

第三，选文定篇。单个的字，活在文本之中。这里所说的"文本"，既包括传世文书如文史哲经典等，也包括出土文物如简帛、铭器等，还包括民间的和日常生活的口传文化。各分册对本字的解读，须借助多类文本以及由文本所构成的复杂语境，依凭丰富多元、详实鲜活的语言材料，叙述并阐释本字所涵泳的智性审美、民族心理乃至民风民俗等多重旨趣。

第四，敷理举统。本大系所精选的汉字，大多具有全息特征，一字一意境，一字一世界，会意指事、形声并茂地呈现出中华文化高远的美学意境和深广的意义世界。故各分册对本字的诠释和解读，还需要从思想文化的深度，剖析本字所包蕴的哲学、伦理、宗教、政治、文学、艺术等多重语义内涵，概括并揭示本字对于中国文化乃至世界文明的独特价值和意义。

在囊括上述四项基本内容的前提之下，本大系的各个分册的入思路径、整体框架、章节设计乃至撰著风格等，既因"字"（本字）而异，又因"人"（著者）而异，但在总体上具有鲁迅《汉文学史纲要》所称颂的汉字三美："意美以感心，一也；音美以感耳，二也；形美以感目，三也。"

一、文字乃经艺之本，王政之始

许慎的《说文解字》，其《叙》称"文字者，经艺之本，王政之始"。陈梦家（1911—1966）《中国文字学》指出，汉代以前，"文字"的名称经历了三个时期：首称文字为"文"（如《左传》有"夫文止戈为武"、"故文反正为乏"和"于文皿虫为蛊"），次称文字为"名"（如《论语》"必也正名乎"皇疏引郑注"古者曰名，今世曰字"），末称"文""名"为"文字"（如秦始皇《琅琊台刻石》"同书文字"）并沿用至今。①章太炎（1868—1936）《国故论衡》曰："文学者，以有文字著于竹帛，故谓之文。论其法式，谓之文学。"②这里所说的"文学"是广义上的，与狭义的"文化"（即观念形态的文化或曰小文化）大体重合。从字面上看，章太炎似将文化与文字等同；究其奥义，则是从源头（竹帛）处找到汉语文化与汉语文字的内在关联。章太炎又称"凡文理、文字、文辞，皆称文"，可见"文字"还包括了"名""言""辞"等。在中华文化的产生、生成乃至生生不息之中，汉语的文字扮演着"名"正言顺、一"言"九鼎和"辞"动天下之重要角色。

章太炎《国故论衡》称"榷论文学，以文字为准"③，"以文字为准"是中国文化及文学研究的一大传统，这里的"准"既有标准、法式之义，亦有本根、源起之义。刘勰的"文章"颇类似于章太炎的"文学"，也是广义上的，与"文化"重合。刘勰著《文心雕龙》，专门辟有《练字》一篇，叙述"字"的历史，表彰"字"的伟绩，褐橥"字"的诸种功能。《练字》篇论"字"从仓颉造字说起："仓颉造之，鬼哭粟飞；黄帝用之，官治民察。"仓颉造字是华夏文明史上伟大的文化事件，动天地泣鬼神，孳文明乳文化。汉字的历史也就是中华文化的历史，汉字的功绩也就是中华文化的功绩，故《文心雕龙·序志》讲"文"之功德时称"君臣所以炳焕，军国所以昭明"，亦即《练字》所言"官治民察"。刘勰之前，东汉许慎曰："盖文字者，经艺之本，王政之始，前人所以垂后，后人所以识古。故曰'本立而道生'，'知天下之至啧（赜）而不可乱也'。"④许慎

---

① 陈梦家：《中国文字学》，中华书局 2006 年版，第 255 页。
② 章太炎：《国故论衡》，上海古籍出版社 2003 年版，第 49 页。
③ 章太炎：《国故论衡》，上海古籍出版社 2003 年版，第 49-50 页。
④ （汉）许慎撰，（清）段玉裁注：《说文解字注》，上海古籍出版社 1981 年版，第 763 页。

"故曰"所引两段文字，前者出自《论语·学而》，后者出自《周易·系辞上传》。由此可见，从《论语》到《易传》，从《说文解字》到《文心雕龙》，中华元典对"字"之文化本根义的体认是一以贯之的。

《文心雕龙·练字》称"字"乃"言语之体貌""文章之宅宇"，汉语的方块字是言语的生命体，是文章的宅基和家园。《尔雅》有"言者，我也"，"我"以何"言"？字。故《练字》篇说"心既托声于言，言亦寄形于字"。无言，心何以托？无字，言何以寄？《文心雕龙·章句》赞"字"，称其"振本而末从，知一而万毕"，亦即许慎所言"经艺之本，王政之始"。字乃统末之本，驭万之一。《章句》篇胪列"立言"的四大要素（字、句、章、篇），"字"居其首，"字"立其本："夫人之立言，因字而生句，积句而成章，积章而成篇。"无论是单篇的文章还是观念形态的文化，其创制孳乳，其品赏识鉴，都是从一个一个的方块"字"开始。①在源起与流变、创制与识鉴、传播与接受等多重意义上，"字"皆为文化之"始"或"本"，故在此意义上可以说"字生文化"。

许慎《说文解字》对"字"这个汉字的解释是"乳也。从子在宀下，子亦声"。段玉裁（1735—1815）注曰："人及鸟生子曰乳，兽曰产。引申之为抚字，亦引申之为文字。《叙》云：'字者，言孳乳而浸多也。'"②字者，孳乳也。"孳"是生孩子，"乳"是哺孩子。由"字"我们想到"孕"，两个汉字都是会意："孕"还只是十月怀胎，"字"则不仅是一朝分娩，更是含辛茹苦地将孩子抚养成人；"孕"还只是怀一个孩子（胎），"字"则是生产并哺育一个又一个的孩子，引而申之，则表明一个字可衍生出许多个词和短语。段玉裁为《说文解字·叙》"字者，言孳乳而浸多"作注时，还将"字"拿来与"名"和"文"相比较，先讲"名者自其有音言之，文者自其有形言之，字者自其滋生言之"，后说"独体曰文，合

---

①　民间将文人著书立说称之为"码字"，将接受者的文化解读称之为"识文断字"，亦可见对文化活动中"字"元素的高度重视。

②　（汉）许慎撰，（清）段玉裁注：《说文解字注》，上海古籍出版社 1981 年版，第 743 页。

体曰字"，强调的都是"字"的"孳乳"、"浸多"、"滋生"、"合体（再造）"之功能。

当然，许慎和段玉裁说"字"，还只是在小学（文字学）的场域内讨论"字"的孳乳性或繁衍力。如果我们将"字，孳乳也"放在广阔的文化领域，来追问并验明"文字"与"文化"的血缘关系，则不难发现中华文化的字生性特征。《文心雕龙》开篇"原道"，追溯"文"即文化之本原与起源，《原道》篇在为"文"释名章义即解决了"文"的本原问题之后，继之回答"文"的起源问题："自鸟迹代绳，文字始炳，炎皞遗事，纪在三坟"，从"唐、虞文章"到"益、稷陈谟"，从夏后氏"九序惟歌"到周文王"繇辞炳曜"，从周公旦"制诗辑颂"到孔夫子"熔钧六经"，刘勰为我们描述的这一部上古文化史，分明滥觞于"文字始炳"，分明嬗变为文字的"符采复隐，精义坚深"，又分明完成于先秦圣哲的"组织辞令"、"斧藻群言"。

《原道》篇的上古文化史在论及商周文化时，称"逮及商周，文胜其质，雅颂所被，英华日新"，这是伟大的《诗经》时代，这是辉煌的风雅颂时代。商周始祖的"英华"记录在《雅》《颂》文字之中。商的始祖是契，契建国于商；周的始祖是后稷，后稷的母亲是姜嫄。再往上追问：契乃谁生？姜嫄如何生后稷？幸好，我们有《诗经》的文字：《商颂·玄鸟》说"天命玄鸟，降而生商"，《大雅·生民》说"（姜嫄）履帝武敏歆，攸介攸止。载震载夙，载生载育，时维后稷"。玄鸟生商（契），姜嫄履帝之足迹而生后稷，这是《诗经》的文字所记录的商周历史。就历史的真实而言，玄鸟不可能生商（契），姜嫄亦不可能履帝迹而生后稷；就文化（神话与传说）的真实而论，"玄鸟生商""姜嫄履帝迹生后稷"则不仅是"真"的，更是"美"和"善"的。而关于商周始祖的真善美的历史，与其说是《诗经》的文字所记录，还不如说是《诗经》的文字所创造。关于"字生文化"的例证，除了"玄鸟生商"和"履帝武敏歆"，还可以举出后羿射日、女娲补天、皇英嫔虞、伏羲画卦、仓颉造字……中华文化史上这些动天地泣鬼神的壮美故事，这些孳文明乳文化的伟大事件，无一不是我们的方块字所创造出来的，字生文化是也。

"文化"和"文字"的"文"，被许慎解释为"错画也，象交文，凡文之属皆从文"①。东汉的许慎虽读过《庄子》却未见过殷商卜辞，故不知道这个"文"就是《庄子·逍遥游》的"越人断发文身"之"文"。甲骨文中的"文"，从武丁时期到帝辛时期，均有"文身"之义："象正立之人形，胸部有刻画之纹饰，故以文身之纹为文。"②纹身所具有的符号性、象征性、修饰性、结构性和文本化，使得"文"这个独体象形的汉字成为人类最早的文化产品之一，亦成为汉语言"字生文化"的最早例证之一。如果说，人在自己身体上的交文错画是人类最早的文化行为，那么"以文身之纹为文"则是人类最早的文化识鉴和文化交往，是人对"字生文化"的感性鉴赏和理性批评。交文错画着形形色色之"文"的龟甲兽骨，虽然被掩埋在殷商帝辛的废墟之中，但"字生文化"作为华夏文明的重要特征却生生不息，历经数千载而不朽。我们今天从文明、文化、文字、文辞、文献、文学、文章、文艺、文采、文雅等众多中国文化的诸多关键词之中，从诗、词、歌、赋、曲、文、说、剧、碑、诔、铭、檄、章、奏、书、记等各体文学及文化产品之中，不难窥见掩埋在殷墟小屯的"字生文化"之元素及景观。

二、心生而言立，言立而文明

"文字"与"文化"都有一个"文"，"文"既是独体象形的上古汉字的典型代表，也是字生文化的典型例证。《文心雕龙》以"文"肇端(《原道》篇首句"文之为德也大矣")，以"文"终章(《序志》篇末句"文果载心，余心有寄")，可谓始于"文"而终于"文"。《原道》篇追原"文"之"元"(原本与源起)，在很诗意也很哲理地阐释了"天之文"和"地之文"之后，水到渠成地引出"人之文"的定义："心生而言立，言立而文明，

---

① (汉)许慎撰，(清)段玉裁注：《说文解字注》，上海古籍出版社 1981 年版，第 425 页。

② 徐中舒主编：《甲骨文字典》，四川辞书出版社 2006 年版，第 996 页。

自然之道也。""人"（天地之心）诞生了，"字"（语言文字）才会被发明被创立；语言文字创立之后，"文"才会彰显、章明、刚健、灿烂。作为天地之心的"人"，以自己所独创的"字"（"名""言""辞"等），去彰明"自然之道"，这一彰显的过程、结果及其规律就是"文"（文章、文学和文化）。如果说，《原道》篇"鸟迹代绳，文字始炳"，《章句》篇"人之立言，因字生句""振本末从，知一万毕"讲的都是文字对于文化之产生即历史起源的决定性价值，那么这里的"心生言立，言立文明"讲的则是文字对文化之生成即逻辑本原的规定性意义。

鲁迅《汉文学史纲要》亦借刘勰"心生言立，言立文明"论汉语"文章"即狭义文化的本原、起源及流传，其首篇《自文字至文章》讲文字乃文章之始："专凭言语，大惧遗忘，故古者尝结绳而治，而后之人易之以书契"，"文字既作，固无愆误之虞矣"①，连属文字而成文章，即刘熙《释名》所云"会集众字以成辞义"，字生文化是也。汉娜·阿伦特《人的境况》讲人生在世须做三件事：活着，工作着，说（书写）着。② 人的工作，制作出各种文化产品，创造出灿烂的文明。而只有当人类用文字"立言"之时，才真正创造出"人之文"。或者说，人类只有凭借"立言"这种文化行为，才能创造出"言立"的文化。《左传》讲三不朽——立德、立功、立言。就"德"和"功"的历史传承而言，前人如何垂后？后人如何识古？立言。何以立言？言寄形于字，因字而生句。故刘勰的"心生言立，言立文明"是对中华文化"字"生性特征的高度概括。

汉语"文学"一词有文献可征者，始见于《论语·先进篇》："文学：子游，子夏。"孔子（前551—前479）的这两位高足，既不创制诗歌更不杜撰小说，何来"文学"之名？杨伯峻（1909—1992）《论语译注》将此处的"文学"释为"古代文献，即孔子所传的《诗》《书》《易》等"③。这里的

---

① 《鲁迅全集》第九卷，人民文学出版社1982年版，第343-345页。
② ［美］汉娜·阿伦特著，王寅丽译：《人的境况》，上海人民出版社2009年版，第14-17页。
③ 杨伯峻译注：《论语译注》，中华书局1980年版，第110页。

"文学"实际上是我们今天所说的"文献学"，是观念形态之"文化"的重要组成部分。中国古代，小学(文字学)是经学的根基(故十三经有《尔雅》)，经学家首先是小学家(字乃经艺之本)。《世说新语》据《论语》孔门四科而列"文学"门，叙述的是马融(79—166)、郑玄(127—200)、何晏(？—249)、王弼(226—249)、向秀(约227—272)、郭象(252—312)这些学者注经的故事。精通小学和经学的文化大师们，统统被划归于孔儒的"文学"之门。

夜梦仲尼、以孔子为精神导师的刘勰本来是要去传注儒家经典的，但他觉得自己在经学领域很难超过马融、郑玄，就转而去撰写《文心雕龙》，其《序志》篇坦陈："敷赞圣旨，莫若注经；而马郑诸儒，弘之已精，就有深解，未足立家。唯文章之用，实经典枝条，五礼资之以成，六典因之致用，君臣所以炳焕，军国所以昭明，详其本源，莫非经典。"可见以"敷赞圣旨"即弘扬孔儒文化为人生理想的青年刘勰，实际上是从经学(包括小学)切入"文"的研究，或者说是从经学(包括小学)与文章之关系入手建构其"文"本体。以五经为标准来考察他那个时代的"文"，刘勰很容易发现"(时文)去圣久远，文体解散，辞人爱奇，言贵浮诡，饰羽尚画，文绣鞶帨，离本弥甚，将遂讹滥"。坚守儒家文化的经学立场和小学本位，青年刘勰敏锐地看出他那个时代的"文"(时文)在"言"与"辞"(即语言文字)方面出了大问题，而问题之要害则是严重背离了儒家五经"辞尚体要"的传统："盖周书论辞，贵乎体要；尼父陈训，恶乎异端：辞训之异，宜体于要。于是搦笔和墨，乃始论文。"批判时文的"言贵浮诡"，回归元典的"辞尚体要"，竟然成了刘勰撰写《文心雕龙》的文化心理动因。

如果说《序志》篇是在"文心(为文用心)"的深潜层次讲"辞尚体要"，那么《征圣》篇和《宗经》篇则是在"雕龙(创作技法)"的精微领域讨论如何以圣人和经典为师来"辞尚体要"。二者虽有巨细之别，但其经学立场和小学本位(即"字本位")则是一致的。《征圣》篇连续三次讲到"辞尚体要"，要求文学家学习春秋经的"一字以褒贬"和礼经的"举轻以包重"，其文字方可"简言以达旨"；学习易经的"精义以曲隐"和左传的"微辞以婉晦"，其文字方可"隐义以藏用"；学习诗经的"联章以积句"和礼经的"缛说以繁辞"，其文字方可"博文以该情"。《宗经》篇则针对"励德树声，莫不师圣，而建言修辞，鲜克宗经"之时弊，大讲特讲儒家五经在"言""辞"即文字上的优长：易经的"旨远辞文，言中事隐"，诗经的"藻辞谲喻，温柔在诵"，书经的"通乎尔雅，文意晓然"，礼经的"采掇片言，莫非宝也"，春秋经的"一字见义，五石六鹢，以详略成文"。"五经之含文也"，宗经征圣落到实处，是要学习五经的文字功夫即雕龙技法，这也是刘勰撰著《文心雕龙》的用心之所在，苦心之所在。

青年刘勰"征圣立言"的经学立场不仅铸就其文学本体观的"字本位"，同时也酿成其文学史观的"字本位"，即从"字"的特定层面来考察文学的历史嬗变。《章句》篇讲诗歌的演变，称"笔句无常，而字有条（常）数"，诗歌句子的变化似无常规，而（每一句）字数的多少则是有规律可循的："四字密而不促，六字格而非缓，或变之以三五，盖应机之权节也。"在刘勰的眼中，中国古代诗歌的发展演变史，落到实处，就是"字"数之多少的应变史："二言肇于黄世，竹弹之谣是也；三言兴于虞时，元首之诗是也；四言广于夏年，洛汭之歌是也；五言见于周代，行露之章是也。六言七言，杂出诗骚；两体之篇，成于西汉。情数运周，随时代用矣。"《明诗》篇对诗歌史的描述，也是以"字有常数"为演变规律的："四言正体，则雅润为本；五言流调，则清丽居宗。……至于三六杂言，则出自篇什；离合之发，则明于图谶；回文所兴，则道原为始；联句共韵，则柏梁余制。巨细或殊，情理同致，总归诗囿，故不繁云。"总之，一时代有一时代之诗歌，彼一时代与此一时代的诗歌之异，或短或长，或密或疏，或促或缓，或多或寡，完全取决于字数的或增或减。王国维《人间词话》说"著一字而境界全出"，对于诗歌创作而言，增（或减）一字则格调迥别、境界迥异，"字"之多寡，岂能以轻心掉之？

三、鼓天下之动者存乎辞

《周易·系辞上》讲到《周易》的四大功用，首条便是"以言者尚其辞"①。《周易》的文化符号包括了两大系统：卦爻象系统与卦爻辞系统，借用王弼《周易略例》的话说，前者是"象者，出意者也"，"尽意莫若象"；后者是"言者，明象者也"，"尽象莫若言"②。但是，"象"之出意尽意，完全有赖于"言"之明象尽象，若无卦爻辞的文字阐释，《周易》那么多的卦爻象究为何意是谁也弄不清楚的。因此，《系辞下》要说"是故《易》者，象也；象也者，像也"，《周易》就是象征，象征就是通过模拟外物以喻晓内意，而拟物喻意离开了"辞"是根本无法进行也无法完成的。作为修辞手法，象征有两个端点：一头是物一头是意，物何以达意指意或明意？必须有"辞"，故《周易》的经与传要用"辞"来拟物（人物、事物、景物等）出意（意义、价值、情志等）。《周易》作为中国的文化经典，其生生不息的奥秘在于斯，其动天地泣鬼神的感染力亦在于斯，故刘勰要借用《周易》的话来浩叹："鼓天下之动者存乎辞！"

在因"五经皆文"而征圣宗经的刘勰心目中，《周易》无疑是最好的"文"（即文化经典）之一，故《文心雕龙·原道》讲述上古文明史以《周易》的原创与阐释为主线，所谓"庖牺画其始，仲尼翼其终"。《周易》的创卦者，观物而画卦，"系辞焉以尽其言，变而通之以尽利，鼓之舞之以尽神"；《周易》的观卦者，尚辞而解卦，"观其象而玩其辞"，观察卦爻的象征意味而探究玩味其文辞，或者反过来说，通过品味卦爻辞而领悟其象征及修辞。"辞"对于《周易》的意义是无论怎么强调也不为过分的：无"辞"何以识训诂？无"辞"何以明象征？无"辞"何以成易道？无"辞"何以定乾坤？

---

① 本书所引《周易·系辞传》，均据（清）阮元：《十三经注疏》，中华书局1980年版，第75-92页，下不另注。

② （魏）王弼注，楼宇烈校释：《王弼集校释》下册，中华书局1980年版，第609页。

《周易》是象思维和象言说，而《周易》的象思维和象言说，是靠"辞"（小学之训诂加上文学之修辞）来完成的。受《周易》的影响，中国古代文化历来有"尚辞"之传统，笼统而言是讲究语言文字的艺术，具体而论是注重象征、隐喻、比兴、夸饰等修辞手法。《文心雕龙》创作论二十多篇，有超过一半的篇幅是专门谈"字"说"辞"的：属于谈"字"（即讨论语言文字）的篇目有《声律》《章句》《俪辞》《练字》等，属于说"辞"（即讨论文章修辞）的有《比兴》《夸饰》《事类》《隐秀》等，属于通论二者的有《通变》《定势》《指瑕》《附会》《镕裁》《总术》。广而论之，中国古代文论的批评文本，数量最巨的是历朝历代的诗话、诗式、诗格、诗法等。明清以降，继海量的"规范诗学"或"修辞诗学"，又出现热衷于作法和读法的小说戏曲评点。金圣叹《第五才子书》讲《水浒传》的创作是"因文生事"，"只是顺着笔性去，削高补低都由我"①，故"因文生事"是在叙事层面对"字生文化"的经典表述。

汉语的方块字孳生了文化，也哺乳了文化，字是文化之母。就"文字"创制与"文化"创造之关系而言，汉字的六书作为"字"的构造规律，深情地也深度地哺乳了中华文化，并成为观念形态之文化的创造规律。刘歆、班固将"象形"置于六书之首，并将六书前四项表述为"象形""象事""象意""象声"②，无意中触到字乳文化之要害。鲁迅《汉文学史纲要》亦论及"六书"尤其是"象形"与文化的关系："文字初作，首必象形，触目会心，不待授受，渐而演进，则会意指事之类兴焉。"③

我们以文字与文学的关系而论。汉字六书对汉语文学的孳乳，若概而言之，则是鲁迅所言"意美以感心，一也；音美以感耳，二也；形美

---

① 陈曦钟、侯忠义、鲁玉川辑校：《水浒传会评本》上册，北京大学出版社1981年版，第16页。

② （汉）班固撰，（唐）颜师古注：《汉书》第6册，中华书局1982年版，第1720页。

③ 《鲁迅全集》第九卷，人民文学出版社1982年版，第344页。

以感目，三也"①。若分而言之，其"象形"之"画成其物，随物诘诎"既是汉字区别于拉丁文的标志性特征，也是文学的标志性特征，方块字的象形孳乳了文学的形象性和意境化，此其一。如果说"指事"的"视而可识，察而见意"，养育了文学之"赋"的直书其事，体物写志；那么，"比类合谊，以见指㧑"之"会意"，与"本无其字，依声托事"之"假借"，则分别孳乳了文学的"比显"与"兴隐"，此其二。此外，"转注"的"同意相受"启迪了文学的互文性，而"形声"的"取譬相成"成就了文学的谐音之趣与声韵之美，此其三。至于具体的创作过程之中，文学家如何推敲，如何练字，如何捶字坚而难移，如何语不惊人死不休，亦可见出"字"对于文学的特殊意义。

被称为现代语言学之父和结构主义之鼻祖的费尔迪南·德·索绪尔（1857—1913），视"文字"为"语言"的表现或工具；与此同时，索绪尔又不得不承认："书写的词跟它所表现的口说的词紧密地混在一起，篡夺了主要的作用；人们终于把声音符号的代表看得和这符号本身一样重要或比它更加重要。"②把书写的词即文字看得比口说的词即言语更加重要，这在表音体系（如拉丁语）中或许不太正常，但在表意体系（如汉语）中却是非常正常也是非常真实的。

或许是看到了表意体系的这种独特性，宣称"我们的研究将只限于表音体系"③的索绪尔，却在《普通语言学教程》中用了整整一节的篇幅，专门讨论表意体系中"文字的威望"及其形成原因："首先，词的书写形象使人突出地感到它是永恒的和稳固的，比语音更适宜于经久地构成语言的统一性"；其次，"在大多数人的脑子里，视觉印象比音响印象更为明晰和持久"；再次，"文学语言更增强了文字不应该有的重要

---

① 《鲁迅全集》第九卷，人民文学出版社 1982 年版，第 344 页。
② ［瑞士］费尔迪南·德·索绪尔著，高名凯译：《普通语言学教程》，商务印书馆 1980 年版，第 48 页。
③ ［瑞士］费尔迪南·德·索绪尔著，高名凯译：《普通语言学教程》，商务印书馆 1980 年版，第 51 页。

性。它有自己的辞典，自己的语法"，并最终形成自己的"正字法"，
"因此，文字成了头等重要的"；"最后，当语言和正字法发生龃龉的时
候，除语言学家以外，任何人都很难解决争端。但是因为语言学家对这
一点没有发言权，结果差不多总是书写形式占了上风，因为由它提出的
任何办法都比较容易解决"。①我们看索绪尔从逻格斯中心主义立场出发
的对"文字威望"的批评，在某种意义上恰好是对汉字这种典型的表意
体系的表扬。书写形象的永恒和稳固，视觉形象的明晰和持久，文字威
望对语言统一性的塑造和维护，尤其是文学语言如何以"头等重要"的
身份来解决文字与语言的矛盾等，表意体系的这些特征及优长，构成了
"字生文化"的文字学根基。

解构主义大师、后现代理论家雅克·德里达（1930—2004），其《论
文字学》解构索绪尔语言学的二分结构，认为"文字并非言语的'图画'
或'记号'，它既外在于言语又内在于言语，而这种言语本质上已经成
了文字"②，故"文字学涵盖广阔的领域"，甚至可以用文字学替代语言
学，从而"给文字理论提供机会以对付逻格斯中心主义的压抑和对语言
学的依附关系"③。逻格斯中心主义又称语音中心主义，声音使意义出
场，不同于汉字的书写使意义出场。德里达《论文字学》在批评索绪尔
对文字与言语作内外之分时指出："外在/内在，印象/现实，再现/在
场，这都是人们在勾画一门科学的范围时依靠的陈旧框架。"④我们今天
研究中华字文化，应该打破陈旧的框架，以一种跨学科的宏阔视野来说
"文"解"字"。

---

① ［瑞士］费尔迪南·德·索绪尔著，高名凯译：《普通语言学教程》，商务
印书馆 1980 年版，第 50 页。
② ［法］雅克·德里达著，汪堂家译：《论文字学》，上海译文出版社 1999 年
版，第 63 页。
③ ［法］雅克·德里达著，汪堂家译：《论文字学》，上海译文出版社 1999 年
版，第 50 页。
④ ［法］雅克·德里达著，汪堂家译：《论文字学》，上海译文出版社 1999 年
版，第 45 页。

文字乃经艺之本，就人类轴心期文明的典型代表华夏文明而言，以"经艺"为代表的汉语元典，用一个一个的方块字（中华文化关键词或中华文化核心词），建构起轴心期华夏文明的意义世界。中华文化是字孳字乳的文化，华夏文明是字孳字乳的文明。观念意义上的中华文化，其源起是"鸟迹代绳，文字始炳"，其元典是或"一字以褒贬"或"联章以积句"的经艺，其楷模是情见文字、采溢格言、辞尚体要、辞动天下的圣贤文章，其种类是肇于经艺、著于竹帛的所有文体。字生文化，上古汉语的方块字从起源与本原处孳乳了中华文化，孳乳了华夏文明。追问并验明文字与文化的血缘关系，揭示中华文化的"字"生性特征，可为"文化"的释名章义，为文化研究的选文定篇，为文化理论的敷理举统，乃至为文化史的原始表末，提供新的路径并开辟新的场域。

目　　录

绪　　论

作为中国古代文化的关键词，"游"在文学、艺术、哲学等领域扮演着重要角色。"游"本为行为方式，后演变为文学范畴，并衍生出纪游文学、游仙文学、山水文学、宦游文学等文学类型，以及《论语》"游于艺"、《庄子》"逍遥游"、《文心雕龙》"神与物游"等命题。一些学者已经注意到"游"的审美意蕴和丰富内涵，并从不同角度予以揭示。①本书取"游于艺"②的字面意义，借以说明本书从文学和文艺学的角度来阐释"游"范畴的旨趣。

一、"游"的词源追溯

《说文解字·㫃部》云："游，旌旗之流也。从㫃，汓声。"③学者在讨论"游"的词源时，多追溯于此。但《说文》此说并不准确，这里有必

① 较综合的研究如龚鹏程：《"游"的精神文化史论》，河北教育出版社 2001 年版；周甲辰：《游：中国式的审美沉醉》，《贵州社会科学》2007 年第 2 期；文彦波：《论"游"的审美意蕴的流变及意义》，《绥化学院学报》2008 年第 2 期；王乐乐：《古代文论"游"范畴阐说》，《绥化学院学报》2008 年第 3 期；薛显超：《中国古典美学"游"范畴探源》，《中国社会科学院研究生院学报》2011 年第 3 期；刘建玲：《中国古典美学中"游"的美学阐释》，山东师范大学硕士学位论文，2005 年；生岩岩：《中国古典审美活动"游"范畴通论》，山东大学硕士学位论文，2010 年；王丹：《美学视野中的"游"范畴研究》，广西师范大学硕士学位论文，2013 年。对"逍遥游""神与物游"等具体命题的学术史回顾，详见本书相应章节。

② 我们对"游于艺"之"游"有另外的理解，认为与本书的主题无关，因而本书未对"游于艺"展开讨论。

③ （汉）许慎：《说文解字》，中华书局 1963 年版，第 140 页。

要分别辨析"斿""旒""流""游""遊"诸字，并讨论它们之间的关系。

1. 斿

商代晚期的殷墟甲骨文但见"斿"，不见"游"或"遊"①。甲骨文的"斿"字写作🜚（《合集》27898）②，从㫃从子，表现为一人立于旗帜之下或一人执旗之形。从金文的某些字形看，如同样是商代晚期的亚若癸簋（《集成》3713）所见🜚③，可知"斿"的字形表现的应为一人执旗。

甲骨文中的"斿"用作地名，如：

戊午［卜，何］贞：王其［畋］斿。往来无灾，在九月。（《合集》27778）④

壬子卜，贞：王畋于斿，往来无灾。兹孚。获麋十一。（《合集》37460）⑤

王其逐斿麋，弥日无灾。（《合集》28370）⑥

王惠翌日辛射斿兕，无［灾］。（《合集》37396）⑦

---

① 虽然甲骨文没有出现"遊"字，但可能已经出现用作"遊"一词的字，参见陈剑：《甲骨金文用为"遊"之字补说》，《出土文献与古文字研究》第 8 辑，上海古籍出版社 2019 年版，第 1-46 页；李春桃：《释散氏盘中的从柚从遊之字》，《青铜器与金文》第 8 辑，上海古籍出版社 2022 年版，第 46-49 页。

② 黄天树主编：《甲骨文摹本大系》第 23 册，北京大学出版社 2022 年版，第 7177 页。

③ 吴镇烽编：《商周青铜器铭文暨图像集成》第 9 卷，上海古籍出版社 2012 年版，第 329 页。

④ 黄天树主编：《甲骨文摹本大系》第 34 册，北京大学出版社 2022 年版，第 2591 页。为便行文，本书所引出土文献释文均为宽式，以下不一一说明。

⑤ 黄天树主编：《甲骨文摹本大系》第 35 册，北京大学出版社 2022 年版，第 2849 页。

⑥ 黄天树主编：《甲骨文摹本大系》第 37 册，北京大学出版社 2022 年版，第 3660 页。

⑦ 黄天树主编：《甲骨文摹本大系》第 34 册，北京大学出版社 2022 年版，第 2611 页。

在这些辞例中，"斿"均用作商王的畋猎之地，"畋斿"指在斿地畋猎，"斿麇""斿兕"指斿地的麇、兕等野生动物。

关于"斿"的本义，或以为"斿"是"旒"之初文①，或以为甲骨文的"斿"表"督导"之义，与"纛"同源②。由于甲骨文的"斿"仅用作地名，限于辞例，尚难以看出它的本义。"旅"与"斿"颇有可比性，前者的字形表现为二人立于旗帜之下（𣃟，《合集》5823）③，突显师旅之众，后者的字形则表现为一人立于旗帜之下。单从字形看，甲骨文的"斿"表现为一人执旗，似在强调军事活动或军事指挥。但由于缺乏词义的实际用例和连续性线索，已难以深求。

2. 旒、流

旒为旌旗的下垂饰物。《诗经·商颂·长发》"受小球大球，为下国缀旒"，郑玄笺云："旒，旌旗之垂者也。"④"旒"又写作"流"，《礼记·乐记》"龙旂九旒"，《经典释文汇校》谓"流，本又作旒"⑤。此处"流"系"旒"之假借。

《说文解字》在解释"游"时称："旌旗之流也。"《玉篇·㫃部》云："斿，旌旗之末垂者。或作游。"⑥延续的是《说文》的说法。《周礼·春官·巾车》"建大常，十有二斿"⑦，此处"斿"便指旒。《左传》桓公二年"藻率、鞞鞛、鞶、厉、游、缨，昭其数也"，杜预注云："游，旌旗

---

① 黄德宽主编：《古文字谱系疏证》，商务印书馆 2007 年版，第 605 页。

② 李学勤主编：《字源》，天津古籍出版社 2012 年版，第 614 页。

③ 黄天树主编：《甲骨文摹本大系》第 2 册，北京大学出版社 2022 年版，第 352 页。

④ （清）阮元校刻：《毛诗正义》卷 20，《十三经注疏》，中华书局 2009 年版，第 1352 页。

⑤ 黄焯：《经典释文汇校》，中华书局 1980 年版，第 135 页。

⑥ （南朝）顾野王：《宋本玉篇》，北京市中国书店 1983 年版，第 312 页。

⑦ （清）阮元校刻：《周礼注疏》卷 27，《十三经注疏》，中华书局 2009 年版，第 1776 页。

之游。"①此处"游"亦指旒。

从甲骨文"斿"的写法看，它与"旒"在字形上的共性是皆从㫃，即旗帜之形。但据此判定"斿"是"旒"的初文，证据仍嫌不足。其他从㫃之字，如"旅"，从㫃从从，我们显然不能因"旅"从㫃便认为它与旗旒有关。甲骨文的"中"写作𠁁(《合集》811 正)②，一般认为"中"字上下所飘扬的便是旌旗之旒。而甲骨文的"斿"字，对旗旒并无刻意表现。

"斿"或"游"可指旌旒，主要还是基于通假关系。"旒"和"流"均为来母幽部字，"斿""游""遊"均为余母幽部字，韵部相同，声纽相近，音近可通。"流"与"游"常可通假，如马王堆帛书《道原》"鸟得而飞，鱼得而流(游)，兽得而走"③，"游"便写作"流"。《楚辞·大招》"螭龙并流，上下悠悠只"④，"并流"即"并游"。"游"与"旒"的关系正如"游"与"流"的关系，主要是音近通假。

从现有的证据看，"斿"或"游"本身并无旗旒之义，因"旒""流"可与"斿""游"相通，故旗旒有时写作"斿""游"。《说文》以旗旒解释"游"，实际上是以其某种通假的用法来诠解本义，并不能得其实。

3. 游

"游"从水斿声，"斿"为"游"之声符。《说文》将"游"分析为从㫃汓声，并不准确。不过"游"确与"汓"有关，二者是异体关系。《说文解字·水部》："汓，浮行水上也。从水，从子。古或以汓为'没'。泅，汓或从囚声。"⑤"游""汓""泅"均指游水。"汓"为会意字，会一人浮水

① (清)阮元校刻：《左传正义》卷 5，《十三经注疏》，中华书局 2009 年版，第 3782-3783 页。

② 黄天树主编：《甲骨文摹本大系》第 4 册，北京大学出版社 2022 年版，第 1211 页。

③ 湖南省博物馆、复旦大学出土文献与古文字研究中心：《长沙马王堆简帛集成》(肆)，中华书局 2014 年版，第 189 页。

④ (宋)洪兴祖撰，白化文等点校：《楚辞补注》，中华书局 1983 年版，第 217 页。

⑤ (汉)许慎：《说文解字》，中华书局 1963 年版，第 233 页。

上之意。"游"和"泅"则是形声字，是"汙"的另一种写法。

古文字中"游"或写作"斿"，如春秋时期秦国的石鼓文云："濿有小鱼，其斿(游)趣趣。"①"游"便写作"斿"。

4. 遊

《说文解字》仅见"游"，而未载录"斿"和"遊"。"遊"从辵斿声，"斿"为"游"之声符。辵旁又可省作彳或止。"遊"有出游、遨游、游行、游览、游乐等义。

古文字中"遊"或写作"斿"，如䚿鼎(《铭图》2441，西周中期)云："唯八月初吉庚寅，王在宗周，斿(遊)于比。"②目前所见西周金文，"遊"的使用仅此一例。石鼓文云："云猎云斿(遊)。"③北大汉简《赵正书》"出斿(遊)天下""使斿(遊)诸侯""兴斿(遊)观"④，"遊"均写作"斿"。

"游"之形符为水，故指游水；"遊"之形符为辵，故指出游。由于二者可以通假，故又常混用。《庄子·外物》"人有能遊，且得不遊乎"⑤，《韩非子·说林上》"越人虽善遊"⑥，文中的"遊"均指游水，本字为"游"。阜阳汉简《诗经·卫风·竹竿》"驾言出游(遊)"⑦，"遊"写作"游"。《仪礼·士相见礼》"若父则遊目，毋上于面，毋下于带"⑧，

①　徐宝贵：《石鼓文整理研究》，中华书局2008年版，第766页。
②　吴镇烽编：《商周青铜器铭文暨图像集成》第5卷，上海古籍出版社2012年版，第272页。
③　徐宝贵：《石鼓文整理研究》，中华书局2008年版，第823页。
④　北京大学出土文献研究所：《北京大学藏西汉竹书》(叁)，上海古籍出版社2015年版，第189、192页。
⑤　(晋)郭象注，(唐)成玄英疏，曹础基、黄兰发点校：《庄子注疏》，中华书局2011年版，第488页。
⑥　(清)王先慎撰，钟哲点校：《韩非子集解》，中华书局1998年版，第177页。
⑦　胡平生、韩自强：《阜阳汉简诗经研究》，上海古籍出版社1988年版，第9页。
⑧　(清)阮元校刻：《仪礼注疏》卷7，《十三经注疏》，中华书局2009年版，第1776页。

武威汉简《仪礼》"遊目"作"游目"①。从今本《诗经》看，"游""遊"二字区分还是比较分明的，除了《大雅·卷阿》"岂弟君子，来游来歌，以矢其音"②中的"游"当作"遊"之外，其他辞例均不混用。

作为文学范畴的"游"，从词源学的角度讲，都是来自表出游等义的"遊"。诸如逍遥游、神与物游、纪游文学、游仙文学、山水文学、宦游文学等文学命题或文学类型，均从"遊"的各种义项引申而出。今天通行的简体字，"游"与"遊"二字归并为"游"，因此，除非特定条件下的区分，本书一概将"游""遊"写作"游"。

根据前文的讨论，《说文解字》"游，旌旗之流也。从㫃，汙声"的解释并不准确。"游"表"旌旗之流"，这只是某种通假用法的意义。"从㫃，汙声"也不能概括"游"的造字理据。许多讨论"游"范畴的论著基于《说文解字》的解释展开，这些说法也便值得怀疑了。如徐复观指出"旌旗所垂之旒，随风飘荡而无所系缚，故引申为游戏之游"③。再如薛显超认为"游"对于人的影响应当是与旗帜的来源及作用分不开的："游"来自原始先民对于星体运行的观察，作为旗帜飘带的"游"象征着星与命具有沟通天人的作用；旗帜在祭祀和战争中的重要功能强烈地影响了原始先民的思想意识。④ 梁晓萍也认为，自远古至周代，"旒"（游、斿）便成为人与星、人与天、人与神、人与礼之间的一种连接物，并以其独特的神性内涵和现实指向，深刻地影响着中国文化与中国艺术精神。⑤ 此类词源追溯主要存在以下三个问题：其一，并没有明确的证据

① 甘肃省博物馆、中国科学院考古研究所：《武威汉简》，文物出版社 1964年版，第 89 页。
② （清）阮元校刻：《毛诗正义》卷 17，《十三经注疏》，中华书局 2009 年版，第 1176 页。
③ 徐复观：《中国艺术精神》，商务印书馆 2010 年版，第 68 页。
④ 薛显超：《中国古典美学"游"范畴探源》，《中国社会科学院研究生院学报》2011 年第 3 期。
⑤ 梁晓萍：《庄子审美之"游"与中国艺术精神》，《山西大学学报》（哲学社会科学版）2018 年第 4 期。

能够说明旗旒是"游"的本义,"旒"与"斿""遊"主要是音近通假的关系;其二,即便"斿""游"的本义指旗旒,但作为文学范畴的"游"主要是就"遊"而言,而"遊"与旗旒并没有什么关联;其三,"字"和"词"的联系及区别有必要加以区分,文学范畴"游"源自"遊"的出游等义,建立在出游等词义的基础之上,作为形声字的"游"和"遊",有关其字形尤其是声符(斿)的讨论,对于词义的理解可以说意义有限。

有学者指出,近几十年以来,通过古文字的本形本义演绎出某种理论构想,即"以字源学方法解决文化问题"的模式甚为盛行,但它超出了字源学方法所能负载的限度,不少论说不同程度地存在文字考释不准确、拘形索义和夸大汉字文化功能等问题。① 这一提醒显然是有必要的。字源或词源的追溯可帮助我们认识某一关键词或观念的来龙去脉,但这种追溯应建立在准确理解字形演变、词义变迁以及字词关系的基础之上。很多时候,实际应用中的词义,远比远去甚至消逝的所谓"本义"更为重要。

二、从行为方式到文学范畴:"游"的演变脉络

在早期文献中,"游"往往指出游②,尤其是贵族的出游,如《诗经》中的以下诗句:

> 游于北园,四马既闲。(《诗经·秦风·驷驖》)③
> 思须与漕,我心悠悠。驾言出游,以写我忧。(《诗经·邶风·泉水》)④

---

① 刘涛:《"诗言志"字源学研究辨证》,《江海学刊》2024 年第 2 期。
② 下引《诗经》《尚书》《庄子》等文献,原文作"遊"者,亦以"游"表示,不一一说明。
③ (清)阮元校刻:《毛诗正义》卷 6,《十三经注疏》,中华书局 2009 年版,第 785 页。
④ (清)阮元校刻:《毛诗正义》卷 2,《十三经注疏》,中华书局 2009 年版,第 652 页。

淇水滺滺，桧楫松舟。驾言出游，以写我忧。(《诗经·卫风·竹竿》)①

微我无酒，以敖以游。(《诗经·邶风·柏舟》)②

鲁道有荡，齐子游敖。(《诗经·邶风·载驱》)③

《尚书·无逸》记载了周公对先王事迹的追溯，称"文王不敢盘于游田"，同时也告诫成王"无淫于观、于逸、于游、于田"。④ 在周公的口中，"游"与"田(畋)"是并列的，出游与畋猎都属于休闲、逸乐之事。甲骨文中可能用作"遊"的字，便经常与畋猎行为一同出现。⑤ 再如下列文献，"游"显然指游乐：

恭王游于泾上。(《国语·周语上》)⑥

赵简子游于西河而乐之。(《说苑·尊贤》)⑦

晋平公游于西河而乐。(《韩诗外传》)⑧

可见，"游"最初是一种行为方式，尤其是就休闲、逸乐而言的。

---

① (清)阮元校刻：《毛诗正义》卷3，《十三经注疏》，中华书局2009年版，第687页。

② (清)阮元校刻：《毛诗正义》卷2，《十三经注疏》，中华书局2009年版，第624页。

③ (清)阮元校刻：《毛诗正义》卷5，《十三经注疏》，中华书局2009年版，第751页。

④ (清)阮元校刻：《尚书正义》卷16，《十三经注疏》，中华书局2009年版，第472页。

⑤ 陈剑：《甲骨金文用为"遊"之字补说》，《出土文献与古文字研究》第8辑，上海古籍出版社2019年版，第36页。

⑥ 徐元诰撰，王树民、沈长云点校：《国语集解》，中华书局2002年版，第9页。

⑦ (汉)刘向撰，向宗鲁校证：《说苑校证》卷8，中华书局1987年版，第189页。

⑧ (汉)韩婴撰，许维遹校释：《韩诗外传》卷6，中华书局1980年版，第235页。

所"游"之地，往往为"北园""泾上"等园囿、野外、山川，不免会与自然界亲密接触，这为情感与想象力的发散提供了可能。

春秋战国和魏晋南北朝是中国历史上的两个分裂时期，同时也是两个重要的思想争鸣时期。在这两个时期，促成了"游"向文学范畴或审美观念的转变，"游"的内涵愈加丰富。

春秋以降，各诸侯国之间的交流愈加密切，人员流动愈加频繁。春秋时期有两个重要人物游历列国的事件，分别是重耳流亡列国和孔子周游列国。游历列国的传奇性，给后世文学作品以启发。到了战国时期，出现了以周穆王西游为题材的《穆天子传》（又称《周王游行》《周王游行记》），这一作品已有小说的性质，这标志着纪游文学初现雏形。而战国时期之所以能出现《穆天子传》，与当时地理观念的扩大化，以及方术流行的时代背景有关①。

战国时期，百家争鸣，人文理性进一步觉醒，诸子更多关注内在精神的超越。论者在讨论先秦时期"游"的观念时，绕不开《论语》的"游于艺"和《庄子》的"逍遥游"。但根据传世文献与出土文献的互证，可知《论语·述而》"游于艺"②之"游"实际上应读作"由"③，如此一来，将"游"解释为"玩物适情之谓"④"游憩"⑤或"游心"⑥也便无从谈起了。真正对后世"游"的观念产生深刻影响的，还是《庄子》。在《庄子》一书中，出现了 97 次"遊（游）"字⑦，其中《逍遥游》一篇提出"乘天地之正，

---

① 参见常金仓：《〈穆天子传〉的时代和文献性质》，《社会科学战线》2006 年第 6 期。

② （清）阮元校刻：《论语注疏》卷 7，《十三经注疏》，中华书局 2009 年版，第 5390 页。

③ 陈民镇等：《上博简楚辞类文献研究》，花木兰文化出版社 2014 年版，第 181-183 页。

④ （宋）朱熹：《四书章句集注》，中华书局 1983 年版，第 94 页。

⑤ 杨伯峻：《论语译注》，中华书局 1980 年版，第 67 页。

⑥ 李零：《丧家狗——我读〈论语〉》，山西人民出版社 2007 年版，第 146 页。

⑦ 此处仅统计"遊"，未统计"游"。其中一般被视作庄子本人作品的《庄子·内篇》7 篇，共有"遊"30 例，其出现频次要高于外篇和杂篇。

而御六气之辩，以游无穷"①时，需要无所"待"、无所束缚，与天地精神相往来，追求绝对的精神自由。《逍遥游》推崇"至人无己，神人无功，圣人无名"②的境界，在《庄子》的描述中，"神人""乘云气，御飞龙，而游乎四海之外"（《逍遥游》）③，"至人""乘云气，骑日月，而游乎四海之外"（《齐物论》）④，"圣人""无谓有谓，有谓无谓，而游乎尘垢之外"（《齐物论》）⑤，广成子"入无穷之门，以游无极之野。吾与日月参光，吾与天地为常"（《在宥》）⑥，均游离于俗世，超越身心的局限和现实的束缚。通过《庄子》的提炼与升华，"游"不再仅仅是一种行为方式，而已然成为一种灵动的诗性与艺术想象，为后世的文艺活动提供了丰富的给养。

《庄子》一书所追求的"逍遥游"，更多是一种精神之游。在《人间世》中，作者明确提出"乘物以游心"⑦。所谓"游心"，亦相当于"神游"⑧。《楚辞》中的《离骚》和《远游》，则介于现实之游与精神之游之间。战国时期，在道家、方术、楚地巫风等因素的推动下，人们产生了对方外仙境的向往，游仙文学也便呼之欲出了。

---

① （晋）郭象注，（唐）成玄英疏，曹础基、黄兰发点校：《庄子注疏》，中华书局 2011 年版，第 11 页。

② （晋）郭象注，（唐）成玄英疏，曹础基、黄兰发点校：《庄子注疏》，中华书局 2011 年版，第 12 页。

③ （晋）郭象注，（唐）成玄英疏，曹础基、黄兰发点校：《庄子注疏》，中华书局 2011 年版，第 16 页。

④ （晋）郭象注，（唐）成玄英疏，曹础基、黄兰发点校：《庄子注疏》，中华书局 2011 年版，第 52 页。

⑤ （晋）郭象注，（唐）成玄英疏，曹础基、黄兰发点校：《庄子注疏》，中华书局 2011 年版，第 53 页。

⑥ （晋）郭象注，（唐）成玄英疏，曹础基、黄兰发点校：《庄子注疏》，中华书局 2011 年版，第 209-210 页。

⑦ （晋）郭象注，（唐）成玄英疏，曹础基、黄兰发点校：《庄子注疏》，中华书局 2011 年版，第 89 页。

⑧ 于雪棠：《形神关系视角下〈庄子〉逍遥游意蕴发微》，《励耘学刊》第 26 辑，学苑出版社 2017 年版，第 129 页。

可见，战国时期，作为文学范畴的"游"的三个面向——"心游""仙游""行游"都已经确立。"心游"为精神之游，以《庄子》为代表；"行游"为现实之游(尽管会有虚构夸张的成分)，体现为以《穆天子传》为代表的纪游文学；"仙游"介于二者之间，体现为以《离骚》《远游》为代表的游仙文学。

魏晋南北朝是又一个思想高度活跃的时期，也是文学观念趋于自觉的时期。在这一时期，作为文学范畴的"游"得到进一步发展：

其一，山水文学的形成。魏晋以来，士人寄情山水，自然山水开始成为独立的审美对象，山水诗(又称"游山水诗")与山水赋也便应运而生。东晋时期，山水与玄言相杂，迨至南朝，山水诗逐渐成为独立的诗体，出现了以南朝谢灵运为代表的山水诗人。山水文学属于现实之游，它所观览的对象为自然山水。

其二，游仙诗的形成。魏晋以来，游仙诗正式确立，东晋郭璞为重要代表。而其渊源正是战国时期的《离骚》《远游》。

其三，"游"开始进入文艺理论批评的视野。真正意义上的文艺理论批评，是在魏晋以来确立的，"游"成为文艺理论批评的概念，也是在此时。陆机《文赋》云："其始也，皆收视反听，耽思傍讯。精骛八极，心游万仞。"①讲的是创作过程中的"心游"，亦即神思之"游"，可上溯至《庄子》的"逍遥游"。在刘勰《文心雕龙·神思》中，这种神思之游被表述为"故寂然凝虑，思接千载；悄焉动容，视通万里"②。刘勰还提出了"思理为妙，神与物游"③的说法，主张主体意识与客体的结合，在文学理论批评史上具有重要意义。在画论领域，宗炳倡"澄怀观

---

① (晋)陆机著，张少康集释：《文赋集释》，人民文学出版社 2002 年版，第 36 页。

② (梁)刘勰著，范文澜注：《文心雕龙注》，人民文学出版社 1958 年版，第 493 页。

③ (梁)刘勰著，范文澜注：《文心雕龙注》，人民文学出版社 1958 年版，第 493 页。

道，卧以游之"①之论，"卧游"非现实之游，它更多反映的是艺术想象与审美活动。此类"游心"之论，实则远绍《庄子》的"逍遥游"。

魏晋南北朝确立了与"游"有关的文学品类与文艺理论批评，后世的演变莫不出于此。唐宋以来，山水文学进一步发展，宦游文学亦与山水文学密切相关。佛教禅宗的"游戏三昧"说在一定程度上吸收了道家"逍遥游"的思想，它所追求的自在无碍的境界与"逍遥游"气息相通，并被应用到文艺理论批评的领域。② 金元之际的郝经有"内游"之论，谓"身不离于衽席之上，而游于六合之外；生乎千古之下，而游于千古之上"③，清初李渔有"梦往神游"④之说，与魏晋南北朝时期的"神与物游""卧游"等说法亦相呼应。

三、"游"的再审视

如若追溯作为文学范畴的"游"的词源，可知它源于"遊"的出游等义，而与游水之"游"、旗旒之"旒"并无直接关联。《说文解字》对"游"的解释存在疏误之处，过去有关"游"的讨论多受其误导。这也启示我们在从事关键词的研究时，需要准确理解字形演变、词义变迁以及字词关系。

"遊"之出游等义，表明它原本是行为方式，后演变为文学范畴。这一演变的发生，有两个关键的阶段，分别是春秋战国时期和魏晋南北朝时期。在春秋战国时期，纪游文学和游仙文学初现雏形，《庄子》的"游心"之论影响深远，是后来"神与物游"等观念的渊源，也是"游"成为文学范畴的关键。原本只是行为方式的"游"，被赋予了诗性。魏晋

---

① （梁）沈约：《宋书》卷 93，中华书局 1974 年版，第 2278 页。
② 参见王悦、张勇：《"游戏三昧"的禅学内涵与诗学意义》，《西南交通大学学报》（社会科学版）2023 年第 5 期。
③ （元）郝经：《陵川集》，山西古籍出版社 2006 年版，第 690 页。
④ （清）李渔：《李渔全集·闲情偶寄》，浙江古籍出版社 2014 年版，第 41 页。

南北朝时期延续战国以来的文学品类和文学观念，山水文学和游仙诗得以形成，"游"也开始进入文艺理论批评的视野，具体表现为"神与物游""卧游"等观念。魏晋南北朝承前启后，唐宋以来山水文学的发展、"内游"等观念皆是在前一阶段基础上的延续。

"游"并不是一个孤立的概念，它串联起文学、艺术、哲学、宗教等领域的诸多命题。如"逍遥游"本是哲学的思考，却启发了文学的创作论。再如"游戏三昧"本是佛家言，但也被引入文艺理论批评的视域之中。此外，山水诗受到玄言诗和游仙诗的影响，游仙诗与宗教观念密不可分。因此，对"游"范畴的研究，显然不能局限于文学，而需要将其置诸中国文化语境中予以考察，并作多维度的阐释。

"游"的三个面向——"心游""仙游"与"行游"，均在战国时期确立，三者相互交织，为后世作为文学范畴的"游"的发展奠定了基础。本书便从这三个面向出发，分别探讨"游心"与"神与物游"、"远游"与"游仙"、"行游"与"宦游"，以期呈现"游"范畴更为立体的面貌。

第一章　从"游心"到"神与物游"

第一节　"游心"与《庄子》心论

"心"与"游心"多见于《庄子》一书。其中，"游心"一语在全书共出现6次，这与战国中晚期诸子注重心论的学术思潮密切相关。陈鼓应曾指出："《庄子》言心，全书多达120余次……尤以'游心'之说，不仅为庄子主体精神写照，更为艺术人格之呈现。先秦道家之心学，于庄子可谓达于顶峰。"①有关庄子的心学思想，前人多有关注。已有学者注意到庄子心论与"游"观念的关联，如刘荣贤指出《庄子》内篇强调"游"与"心"之间的关系，分析了内篇与外杂篇中"游"观念的转变②；谭明冉强调《庄子》所谈的"心""气"等问题，应结合同时代的作品、话题进行研究，并与《管子》《孟子》等文献进行对读③；王玉彬则以"心斋"为中心，探讨其应物旨归的三个层次④。此外，徐广

①　陈鼓应：《管子四篇诠释：稷下道家代表作解析》，商务印书馆2006年版，第42页。
②　刘荣贤：《从〈庄子〉之"游"看黄老天德观念的形成与发展》，台湾《兴大中文学报》2011年第29期。
③　谭明冉：《〈孟子〉〈庄子〉中智故、心气关系比较——以解释学循环为视角》，《哲学研究》2023年第4期。
④　王玉彬：《论庄子"心斋"观念的应物旨归》，《人文杂志》2023年第8期。

东①、杨胜兰②等学者亦从"身心"或"形神"等角度对《庄子》心论加以探讨。

本节拟以《庄子》的"游心"为线索，结合"心斋""游世"等概念，进一步把握与探析庄子心学的核心思想。同时，通过联系稷下黄老、荀孟等学派在心论方面的重要论述，从整体上把握战国诸子对心学的认知状况，并对诸子心论相互影响与交融的情况予以探讨。

一、《庄子》"游心"之论

"游心"在《庄子》一书中凡六见，分别为：

且夫乘物以游心，托不得已以养中，至矣。何作为报也！莫若为致命。此其难者？（《人间世》）③

仲尼曰："自其异者视之，肝胆楚越也；自其同者视之，万物皆一也。夫若然者，且不知耳目之所宜，而游心乎德之和。物视其所一而不见其所丧，视丧其足犹遗土也。"（《德充符》）④

无名人曰："汝游心于淡，合气于漠，顺物自然而无容私焉，而天下治矣。"（《应帝王》）⑤

骈于辩者，累瓦结绳窜句，游心于坚白同异之间，而敝跬誉无用之言非乎？而杨、墨是已。故此皆多骈旁枝之道，非天下之至正

① 徐广东：《从认知之途到体悟之道——论庄子的感知、心知、气知》，《中国哲学史》2022 年第 1 期。

② 杨胜兰：《论庄子的身体观：离形、合气、游心》，西南大学硕士学位论文，2021 年。

③ （晋）郭象注，（唐）成玄英疏，曹础基、黄兰发点校：《庄子注疏》，中华书局 2011 年版，第 89 页。

④ （晋）郭象注，（唐）成玄英疏，曹础基、黄兰发点校：《庄子注疏》，中华书局 2011 年版，第 104-105 页。

⑤ （晋）郭象注，（唐）成玄英疏，曹础基、黄兰发点校：《庄子注疏》，中华书局 2011 年版，第 160-161 页。

也。(《骈拇》)①

　　孔子见老聃,老聃新沐,方将被发而干,慹然似非人。……老聃曰:"吾游心于物之初。"(《田子方》)②

　　曰:"知游心于无穷,而反在通达之国,若存若亡乎?"君曰:"然。"(《则阳》)③

　　《人间世》中的文字是借孔子之口,说明不可为达成某种目的而改变事物本来的面貌与走向。"游心"一句,成玄英疏云:"乘有物以遨游,运虚心以顺世,则何殆之有哉!"其下又云:"寄必然之事,养中和之心,斯真理之造极,应物之至妙者乎!"④可见"游心"的重点便是顺应自然,心随物变,这在其他几篇中也有表现。

　　《德充符》为说明万物同一、不拘于物的道理,强调"虽所美不同,而同有所美。各美其所美,则万物一美也;各是其所是,则天下一是也"⑤,不以耳目辨乎声色之宜,而应"放心于道德之间,荡然无不当,而旷然无不适也"(郭注)⑥,如此则面对失去亦可淡然处之。通过"游心",可令人"荡然而无不适"。《应帝王》则阐述了自然无为、放任自流的治世思想,并提出"游心于淡,合气于漠"的要求,强调"心""气"应成一体。

―――――――――――

　　① (晋)郭象注,(唐)成玄英疏,曹础基、黄兰发点校:《庄子注疏》,中华书局2011年版,第172-173页。

　　② (晋)郭象注,(唐)成玄英疏,曹础基、黄兰发点校:《庄子注疏》,中华书局2011年版,第379页。

　　③ (晋)郭象注,(唐)成玄英疏,曹础基、黄兰发点校:《庄子注疏》,中华书局2011年版,第467页。

　　④ (晋)郭象注,(唐)成玄英疏,曹础基、黄兰发点校:《庄子注疏》,中华书局2011年版,第89页。

　　⑤ (晋)郭象注,(唐)成玄英疏,曹础基、黄兰发点校:《庄子注疏》,中华书局2011年版,第105页。

　　⑥ (晋)郭象注,(唐)成玄英疏,曹础基、黄兰发点校:《庄子注疏》,中华书局2011年版,第105页。

至于"游心"的范围,《则阳》篇中提到"无穷",四海为大,然与"无穷"相比,可谓"若有若无"。故知心可游于无极之中,"心"的概念被抽象化。而"游心"所要达成的境界,正如《庄子·田子方》中托老聃之口所言"夫得是至美至乐也。得至美而游乎至乐,谓之至人"①,"至人"不以外物或喜或悲,不因死生祸福而患得患失,因其明了"夫天下也者,万物之所一也"②的道理,这与《德充符》中所说"万物同一"之理相类。

总之,"游心"这一概念的提出,秉承庄子所注重的顺任自然、清静无为的思想,主张个人从内在的"心"出发探索天地万物之"道"。至于何以"游心",庄子给出了答案,即"心斋",《庄子·人间世》载:

> 回曰:"敢问心斋。"
> 仲尼曰:"若一志,无听之以耳而听之以心,无听之以心而听之以气。听止于耳,心止于符。气也者,虚而待物者也,唯道集虚。虚者,心斋也。"③

此段托孔子之口而阐明"心斋"之法,首先要保证心志专一,在此基础上,提出"耳""心""气"之间存在递进关系,以耳听不如以心体会,以心体会不如以气感应,这也表明"心斋"的最终目的是要以气感知,从而达到"虚而待物",如此则归于"道"。郭注有云:"虚其心,则至道集于怀也。"④可见,在庄子看来,"心"虽有知觉,但仍有其缺

① (晋)郭象注,(唐)成玄英疏,曹础基、黄兰发点校:《庄子注疏》,中华书局2011年版,第380页。
② (晋)郭象注,(唐)成玄英疏,曹础基、黄兰发点校:《庄子注疏》,中华书局2011年版,第381页。
③ (晋)郭象注,(唐)成玄英疏,曹础基、黄兰发点校:《庄子注疏》,中华书局2011年版,第80-81页。
④ (晋)郭象注,(唐)成玄英疏,曹础基、黄兰发点校:《庄子注疏》,中华书局2011年版,第81页。

陷，需要"气"的帮助。成疏云："心有知觉，犹起攀缘；气无情虑，虚柔任物。故去彼知觉，取此虚柔，遣之又遣，渐阶玄妙也。"①可以说"游心"是个体探求"道"的基本法门，而这一过程要结合"心斋"予以完成。

再看《应帝王》的"汝游心于淡，合气于漠"，成疏云："可游汝心神于恬淡之域，合汝形气于寂寞之乡，唯形与神，二皆虚静。如是则天下不待治而自化者耳。"②亦将"心"与"气"相联系，主张二者皆应虚静，天下方能自治。"游心"便是要使心神游于恬淡之境，这也说明庄子对于"虚"的重视，所谓"唯道集虚"，而与此相对立的便是"成心"。"成心"见于《庄子·齐物论》：

> 夫随其成心而师之，谁独且无师乎？奚必知代而心自取者有之？愚者与有焉！未成乎心而有是非，是今日适越而昔至也。是以无有为有。无为有为，虽有神禹且不能知，吾独且奈何哉！③

有关"成心"的解释历来说法繁多，然从文意可知，此处的"成心"是庄子所批驳的一种主观状态，郭注云："夫心之足以制一身之用者，谓之成心，人自师其成心，则人各自有师矣。"郭象已经注意到所谓"成心"是个人主观想法的表现，而成玄英则进一步指明："夫域情滞著，执一家之偏见者，谓之成心。"④后王闿运、陈鼓应等人亦从

---

① （晋）郭象注，（唐）成玄英疏，曹础基、黄兰发点校：《庄子注疏》，中华书局2011年版，第80页。
② （晋）郭象注，（唐）成玄英疏，曹础基、黄兰发点校：《庄子注疏》，中华书局2011年版，第161页。
③ （晋）郭象注，（唐）成玄英疏，曹础基、黄兰发点校：《庄子注疏》，中华书局2011年版，第32-33页。
④ （晋）郭象注，（唐）成玄英疏，曹础基、黄兰发点校：《庄子注疏》，中华书局2011年版，第32页。

此说。①

此段意在言说人之是非、偏见的出现，是因其已先有"成心"，而庄子反对这种以个人之见来评判事物的做法，因为这会导致"无有为有"。实则这种情形的出现，正是不能"游心"之故。换言之，"游心"之所以为庄子所推崇，就是为了让个体避免陷入"成心"，不为是非所困，使心变得虚静，从而接近于"道"。

杨胜兰指出："无论是'心斋'的'心'，还是'游心'的'心'，都已经没有日常意义的心理、情绪、意识等主观色彩，此'心'更像是一种精神境界。"②所谓"心之官则思"③，古人认为心是思维的器官。庄子对于"游心"的认识，并不是停留在对"心"所具有的感知或认识作用上，而是侧重于对"道"的体悟。

二、《庄子》与诸子心论

战国中期以降，诸子兴起对"心"的讨论，除庄子外，稷下黄老学派、儒家的孟子、荀子等皆有相关的论述。陈鼓应指出："孔、老在'心'概念的理解上虽各有特点，可是尚未在哲学领域中形成一个显明的思想观念。经过一两百年的发展，到了战国中期的孟庄时代，对于心的论说才由隐含性的题材发展成为受到热烈关切的哲学议题。"④在传世的先秦诸子著作中，已可窥见当时讨论盛况之一斑。还值得注意的是，近年问世的出土文献中，如清华简《心是谓中》等材料亦有心论的内容。在此基础上，我们得以更为深入思考与探究战国心论的内容与演变情况，比较庄学与其他诸子学派在心论上的异同。

---

① 参见陈鼓应：《庄子今注今译》，商务印书馆 2007 年版，第 63 页。

② 杨胜兰：《论庄子的身体观：离形、合气、游心》，西南大学硕士学位论文，2021 年。

③ （清）阮元校刻：《孟子注疏》卷 11，《十三经注疏》，中华书局 2009 年版，第 5990 页。

④ 陈鼓应：《〈庄子〉内篇的心学（上）——开放的心灵与审美的心境》，《哲学研究》2009 年第 2 期。

《管子》四篇(即《内业》《心术上》《心术下》《白心》)多被视作战国稷下黄老学派的作品,其中有关"心"的认识与《庄子》亦有相通之处①,如"心斋"作为《庄子》心论的重要部分,这一思想在《管子》四篇中也有涉及:

> 夫道者……谋乎莫闻其音,卒乎乃在于心。(《管子·内业》)②
>
> 凡道无所,善心安爱。心静气理,道乃可止。(《管子·内业》)③
>
> 求之者不得处之者,夫正人无求之也,故能虚无。虚无无形谓之道。(《管子·心术上》)④
>
> 天曰虚,地曰静,乃不伐。洁其宫,开其门,去私毋言,神明若存。纷乎其若乱,静之而自治。(《管子·心术上》)⑤
>
> 是故有道之君子,其处也若无知,其应物也若偶之,静因之道也。(《管子·心术上》)⑥

《管子》四篇中"心"与"道"相联系、"虚静"与"道"相通的认识,与《庄子》"唯道集虚""虚者,心斋也"等说法类似,皆为说明心若处于"虚静"的状态,则能循物之本原,从而可至于"道"。《庄子·应帝王》中对"虚"的境界亦有明确的表述:"体尽无穷,而游无朕。尽其所受乎天,而无见得,亦虚而已!至人之用心若镜,不将不迎,应而不藏,故

---

① 李秀男对《管子》四篇的学派归属问题及与《庄子》心论的承变关系已有详细的论述。参见李秀男:《〈管子〉四篇学派归属及其对老庄哲学之承变新探》,《江汉论坛》2021 年第 6 期。故此处不再赘述,仅就《庄子》"心斋""游心"与《管子》四篇中相对应的心论予以阐说。

② 黎翔凤撰,梁运华整理:《管子校注》,中华书局 2004 年版,第 932 页。

③ 黎翔凤撰,梁运华整理:《管子校注》,中华书局 2004 年版,第 935 页。

④ 黎翔凤撰,梁运华整理:《管子校注》,中华书局 2004 年版,第 759 页。

⑤ 黎翔凤撰,梁运华整理:《管子校注》,中华书局 2004 年版,第 764 页。

⑥ 黎翔凤撰,梁运华整理:《管子校注》,中华书局 2004 年版,第 764 页。

能胜物而不伤。"①游心于物之初，顺应自然本性，便可进入虚静空明的状态。而《内业》中提到的"心静气理"，亦与《庄子·人世间》中"无听之以心而听之以气"的说法相类，不单要"修心"，还需要"气"的帮助。

战国中晚期，诸子对心的关注与思考渐趋理性化。除了承续老庄思想，稷下黄老学派在心论方面也有新的发展，心的功能与效用愈加重要，《管子·内业》云：

> 何谓解之？在于心安。我心治，官乃治。我心安，官乃安。治之者心也，安之者心也，心以藏心，心之中又有心焉。②

这段话含有对心的重要认识：其一，"道"之精妙在于以心体悟，这与前文提到的"道者在于心"是一致的；其二，"我心治，官乃治"表明心在众器官中居于主导地位，具有统摄作用，另有如"定心在中""治心在于中"（《管子·内业》）③等此类表述，将"心"与"中"相联系，强调心的中心地位。

黄老学派进而由"心"的主导地位，推申至治国之道，《管子·心术上》云：

> 心之在体，君之位也。九窍之有职，官之分也。心处其道，九窍循理。嗜欲充益，目不见色，耳不闻声。故曰：上离其道，下失其事。毋代马走，使尽其力。毋代鸟飞，使弊其羽翼。毋先物动，以观其则。动则失位，静乃自得。④

---

①　（晋）郭象注，（唐）成玄英疏，曹础基、黄兰发点校：《庄子注疏》，中华书局 2011 年版，第 167 页。

②　黎翔凤撰，梁运华整理：《管子校注》，中华书局 2004 年版，第 938 页。

③　黎翔凤撰，梁运华整理：《管子校注》，中华书局 2004 年版，第 937 页。

④　黎翔凤撰，梁运华整理：《管子校注》，中华书局 2004 年版，第 759 页。

开篇即肯定心在人体中所处的核心地位，并将"心"与"君主"、"九窍"与"百官"进行类比，从而提出"心处其道，九窍循理"的政治理念。君主与百官之间的关系，正如心与九窍，各自皆有其相对应的位置与职务，君主若能顺其道而行，百官便可各司其事而有条不紊。继而从反面论述君主不守道之危害，以"毋代马走""毋代鸟飞"之例说明治国当君无为而臣有为。同时，君王应注重"以观其则""静乃自得"，正所谓"静因之道"，把握事物的发展规律而不多加干涉，以不变应万变。

稷下黄老学派的君道观，在吸收、借鉴《老子》"为无为，则无不治"①、《庄子》"无为名尸，无为谋府，无为事任，无为知主"②等观念的基础上，为适应当时社会发展而提出将君臣职权进行分别，并倡导"君无为而臣有为"。

类似于"心之在体，君之位也"的说法，也见于清华简《心是谓中》。《心是谓中》的首章论述了"心"的功能与作用，并引申到君道：

> 心，中。处身之中以君之，目、耳、口、肢四者为相，心是谓中。心所为美恶，复何若影？心所出小大，因名若响。心欲见之，目故视之；心欲闻之，耳故听之；心欲道之，口故言之；心欲用之，肢故举之。心静，毋有所至，百体四相莫不宽淩。为君者其鉴于此，以君民人。③

根据《心是谓中》的描述，心位于身体的中心，心的地位好比"君"，其他器官则可比拟为"相"，这一说法与《管子·心术上》大体

---

① （魏）王弼注，楼宇烈校释：《老子道德经注校释》，中华书局 2008 年版，第 8 页。

② （晋）郭象注，（唐）成玄英疏，曹础基、黄兰发点校：《庄子注疏》，中华书局 2011 年版，第 166—167 页。

③ 参见清华大学出土文献研究与保护中心编，李学勤主编：《清华大学藏战国竹简》（捌），中西书局 2018 年版，第 149 页；陈民镇：《清华简〈心是谓中〉首章心论的内涵与性质》，《中国哲学史》2019 年第 3 期。

一致。《心是谓中》继而由心术推衍至主术，通过阐明心对四相的支配作用，意在论证臣从君命的必然性，以及君主具有绝对的统治地位。《管子·心术上》的表述与《心是谓中》亦有不同，二者虽都是从"心"出发讨论君道，但《心是谓中》更强调心的支配地位，《心术上》中的心虽然也处于核心，但作者更强调九窍的运行，从而说明"君无为而臣有为"的道理。

儒家同样也受到心论思潮的影响，荀子对心的认识较思孟学派更进一步：

> 天职既立，天功既成，形具而神生，好恶、喜怒、哀乐臧焉，夫是之谓天情。耳目鼻口形能，各有接而不相能也，夫是之谓天官。心居中虚以治五官，夫是之谓天君。(《荀子·天论》)①
>
> 心者，形之君也，而神明之主也，出令而无所受令。(《荀子·解蔽》)②

与《心是谓中》所论相近，《天论》亦认为"心居中"，且心对耳、目、鼻、口、形五官具有控制作用，"心居中虚以治五官，夫是之谓天君"③。《解蔽》也提到心为"形之君也"，又说为"神明之主"④，肯定心是人的精神、思想的主宰。

《荀子·君道》又从心与感官间关系的角度以喻君臣相处之道：

---

① (清)王先谦撰，沈啸寰、王星贤点校：《荀子集解》，中华书局 1988 年版，第 309 页。
② (清)王先谦撰，沈啸寰、王星贤点校：《荀子集解》，中华书局 1988 年版，第 397 页。
③ (清)王先谦撰，沈啸寰、王星贤点校：《荀子集解》，中华书局 1988 年版，第 309 页。
④ (清)王先谦撰，沈啸寰、王星贤点校：《荀子集解》，中华书局 1988 年版，第 397 页。

至道大形……人习其事而固，人之百事如耳目鼻口之不可以相借官也，故职分而民不探，次定而序不乱，兼听齐明而百事不留。如是，则臣下百吏至于庶人莫不修己而后敢安正，诚能而后敢受职，百姓易俗，小人变心，奸怪之属莫不反悫。夫是之谓政教之极。故天子不视而见，不听而聪，不虑而知，不动而功，块然独坐而天下从之如一体，如四职之从心。①

以心与感官间的关系譬喻君臣、治国之道，成为这一时期常见的论述方式。《荀子·君道》认为君主应尚贤，量能而授其官，做到"职分而民不探""次定而序不乱"，如此则可达到民治而政安，天下归心，正如"四职（肢）之从心"。在主张分职权于臣下这一点上，荀子与黄老思想有相似之处。然黄老学派尤其强调君上无为，注重法则的运行，荀子则认为治国的核心人物仍是君主，君主应选贤举能，与黄老学派有所不同。

战国中晚期，诸子心论流行，心不再是简单的生理性器官，除具有感知、思考能力外，它还被视作身体的核心，具有主导性和控制性，在此基础上又与"君道"结合。以心论为切入口，也可以窥见战国中晚期诸子思想交融的情形。

三、结语

庄子作为先秦道家学派的代表性人物，以其潇洒恣意的人生态度、善于思辨的论说形式著称于世。较之于诸子对治国理政的关注，庄子更关心个体的生存状态，推崇自在的精神生活，这也体现于他的心论。庄子心论在中国思想史上具有重要地位，同时也对后世的文论等产生深远影响。

---

① （清）王先谦撰，沈啸宸、王星贤点校：《荀子集解》，中华书局 1988 年版，第 238-239 页。

　　"游心"作为庄子心论的核心概念，指向个体精神的自由奔放，追寻不囿于己欲的虚空之境，而这种空灵的人生境界自然也受到后人的重视与发展。如刘勰在《文心雕龙·神思》中提到的"神与物游"的创作理念，正可追溯至《庄子·人间世》的"乘物以游心"，从思想的自由到创作的自由，本质上是相通的，皆是将主观的思维活动与客观的事物发展予以统一，二者达到合一境界，便能或归于"道"，或成于文章。刘勰将庄子学说运用到文学创作中，亦是一次跨越思想与文学之界限的大胆尝试，赋予庄子"游心"观念以更丰富的内涵。

　　《庄子》的"心斋"观念也被应用到文论之中。陆机《文赋》中言及创作时的精神状态，从广阔的思维活动到完成文章，即从"收视反听，耽思傍讯。精骛八极，心游万仞"到"罄澄心以凝思，眇众虑而为言。笼天地于形内，挫万物于笔端"①，这便与道家所讲求的"虚心"一致，最终使心达于虚静之境便可成于道，"这种精神状况与'心斋'在排除任何杂念的干扰归于虚静上是相同的"②。

　　陈鼓应认为"孟子所开辟的道德领域和庄子所开拓的审美领域，它们在古代文化史上交相辉映"③，不可否认，《庄子》以其超于现实的丰富想象、亦真亦假的寓言故事等行文特点，在文学及美学领域皆具有极高的研究价值。诸子论"心"多与政治理念相关联，庄子则较少谈及君道，但也将自己对现实的期望诉诸文字，庄子口中真正能做到"游心""游于无穷"的无名氏、神人等，皆非常人形象，他们实则是艺术人格的呈现，代表着庄子理想中的圣人形象。换言之，庄子所追寻的君主是"予方将与造物者为人，厌则又乘夫莽眇之鸟，以出六极之外，而游无

---

　　① （晋）陆机著，张少康集释：《文赋集释》，人民文学出版社 2002 年版，第36、60 页。

　　② 罗宗强：《魏晋南北朝文学思想史》，中华书局 2006 年版，第81 页。

　　③ 陈鼓应：《〈庄子〉内篇的心学（下）——开放的心灵与审美的心境》，《哲学研究》2009 年第 3 期。

何有之乡，以处圹埌之野"①，不以天下为己，不以己念加之于民，放而任之，则不治而可治也。故庄子的心论并非"心"与人体之间关系的简单剖析，而是将"心"的范围予以无限地放大，展现着他对生命的淡然，对自由的珍视；对"道心"的体悟，对俗世的漠视。这一切都体现着他对"美"的认知。

第二节 "游心"说的发展

魏晋以来，以老庄为核心的玄学思想成为当时社会的重要思潮，知识阶层对庄子思想高度推崇。"魏晋南北朝这一股背弃儒教、提倡老庄所谓'自然'哲学的社会思潮，其根本性的内涵即是对个性价值的重视"②，而庄子思想中体现个体不受外物拘束、提倡无所待的"游心"内容，恰恰与当时名士所追求的心灵自由、不为俗世所羁绊的个性主张所契合，故"游心"一词也逐渐成为名士用以表现自我个性的流行语，并延续到后世。同时，随着"游心"一词使用范围的扩大，其含义也有所变化。

一、道家与道教文献中的"游心"

"游心"一语出自《庄子》，如"且夫乘物以游心"(《人世间》)、"汝游心于淡"(《应帝王》)、"吾游心于物之初"(《田子方》)等语③，展现出庄子清静无为、顺其自然的思想内核，由此也成为庄子及道家思想中的重要概念，故在后世的道家与道教文献中亦被广泛运用。

---

① （晋）郭象注，（唐）成玄英疏，曹础基、黄兰发点校：《庄子注疏》，中华书局 2011 年版，第 160 页。

② 章培恒、骆玉明主编：《中国文学史》，复旦大学出版社 1997 年版，第 292 页。

③ （晋）郭象注，（唐）成玄英疏，曹础基、黄兰发点校：《庄子注疏》，中华书局 2011 年版，第 89、160、379 页。

或是直接引用《庄子》之语。如《洞霄图志》中记载司马承祯应答唐睿宗治国之策，云："故游心于淡，合气于漠，顺物自然而无私焉，而天下治矣。"①此语见于《庄子·应帝王》，强调治国应顺自然之本性，放任为之。

又《三洞群仙录》序中也引用此语，有"仙者养形，以存生也。气专志一，不以好恶累其心，不以得丧汩其和。游心于澹，合气于漠。其至也，心静而神完，德全而不亏"②之语，后世道教中的不少思想依托于老庄，除"游心于淡"云云，这段话亦糅合《庄子》多篇内容，"气专志一"是为"心斋"之论，而形神、心神关系之说，可见于《庄子》之《德充符》《刻意》诸篇，分别为"道与之貌，天与之形，无以好恶内伤其身""平易恬惔，则忧患不能入，邪气不能袭，故其德全而神不亏"③，是以说明仙者应注重心气调和、心神安定。

或是化用《庄子》"游心"之意。如《晋书·伍朝传》云："朝游心物外，不屑时务，守静衡门，志道日新。"④"游心物外"与"游乎尘垢之外"（《庄子·齐物论》）⑤、"纵心于物外"（《张衡·归田赋》）⑥之意相类，表现出伍朝不务俗事、慕于老庄之道的高洁品性。

唐人张志和在其所撰道教著作《玄真子》中，也对"游心"思想有所阐发："然则游心乎太寂之乡，令规矩无措。其巧者，其惟太圆之

---

① （宋）邓牧：《洞霄图志》，《景印文渊阁四库全书·史部》第 587 册，台湾商务印书馆 1986 年版，第 436 页。

② （宋）陈葆光：《三洞群仙录》，《四库全书存目丛书·子部》第 258 册，齐鲁书社 1995 年版，第 437 页。

③ （晋）郭象注，（唐）成玄英疏，曹础基、黄兰发点校：《庄子注疏》，中华书局 2011 年版，第 122、292 页。

④ （唐）房玄龄等：《晋书》卷 94，中华书局 1974 年版，第 2436 页。

⑤ （晋）郭象注，（唐）成玄英疏，曹础基、黄兰发点校：《庄子注疏》，中华书局 2011 年版，第 53 页。

⑥ （梁）萧统编，（唐）李善注：《文选》卷 15，上海古籍出版社 1986 年版，第 693 页。

与太方乎。"①这与《庄子·齐物论》中"无谓有谓，有谓无谓，而游乎尘垢之外"②的说法相呼应，所谓"太寂之乡"实则亦为"尘垢之外"，心若脱离俗世中的称谓、规矩之准绳，便可达于无有之境界，真正游于物外。

"游心"作为庄子心论的代名词，在道家思想史上的地位不言而喻。后世的道家或道教著作中屡次言及"游心"说，达于"至道"必先游其心，可见庄子学说影响之深远。

二、"游心"：超脱现实的理想追求

在魏晋以降的诗文作品中，"游心"频繁出现。"游心"一语不仅表现出文人对道家思想的重视与倾慕，也反映出对现实的不满，或用以寄托个人追求自由、无所拘束的心灵境界。

作为"竹林七贤"之一的嵇康，深受当时玄学影响，性好庄子，又向往身心的解放，在诗歌中多涉及"游心"。如《兄秀才公穆入军赠诗十九首》(其一)云：

> 息徒兰圃，秣马华山。流磻平皋，垂纶长川。目送归鸿，手挥五弦。俯仰自得，游心太玄。嘉彼钓叟，得鱼忘筌。郢人逝矣，谁与尽言。③

该诗的诗题言明是为其兄嵇喜从军而作。前六句皆为嵇康想象中的

---

① (唐)张志和：《玄真子》，《景印文渊阁四库全书·子部》第1059册，台湾商务印书馆1986年版，第558页。
② (晋)郭象注，(唐)成玄英疏，曹础基、黄兰发点校：《庄子注疏》，中华书局2011年版，第53页。
③ (魏)嵇康著，戴明扬校注：《嵇康集校注》，人民文学出版社1962年版，第15-16页。

其兄军中生活，"息徒""秣马"说明当时未有战事，故在闲暇之际，可以习射或垂钓自娱，或目送鸿雁，或弹琴以自聊，皆能自得其乐。"太玄"即老庄之道，"游心太玄"表达了对老庄思想的向往。"得鱼忘筌"的典故出自《庄子·外物》，末二句的典故出自《庄子·徐无鬼》，郢人已逝，知己难寻，心语难以倾诉，亦是诗人心迹的表露。

又有《重作四言诗七首(其一)》云：

> 绝智弃学，游心于玄默。遇过而悔，当不自得。垂钓一壑，所乐一国。被发行歌，和者四塞。歌以言之，游心于玄默。①

诗中多化用老庄思想，具有浓厚的道家色彩。"绝智弃学"可参见《老子》的"绝圣弃智，民利百倍；……此三者，以为文不足，故令有所属，见素抱朴，少私寡欲"(十九章)②、"绝学无忧"(二十章)③，蕴含归于朴素寡欲之意。"游心于玄默"意为至于清静无为之境，首四句点明并强调诗人所崇尚的是自然无为的老庄之道。"遇过"二句则出自《庄子·大宗师》"过而弗悔，当而不自得也"④，不以得失而乱其心。故能随遇而安，和者应之，是为"游心"的境界。

另《酒会诗七首》(其一)云：

> 藻泛兰池，和声激朗。操缦清商，游心大象。倾昧修身，惠音

---

① (魏)嵇康著，戴明扬校注：《嵇康集校注》，人民文学出版社1962年版，第49-50页。

② (魏)王弼注，楼宇烈校释：《老子道德经注校释》，中华书局2008年版，第45页。

③ (魏)王弼注，楼宇烈校释：《老子道德经注校释》，中华书局2008年版，第46页。

④ (晋)郭象注，(唐)成玄英疏，曹础基、黄兰发点校：《庄子注疏》，中华书局2011年版，第126页。

遗响。钟期不存，我志谁赏。①

开篇即描绘宴席上乐音激切明朗，于流觞曲水间，诗人已游于至道。"倾昧"二句表明诗人尊崇的是不合于俗世的明道，惠音犹可响于其间。然无子期在旁，无人可懂自己的心意。此诗亦是抒发诗人不满于现实、难觅知音之孤闷。

以上三首诗，很好地展现出嵇康对于老庄之道的追慕与尊崇，"游心"于太玄、玄默、大象，皆谓达于无有之境，通于至道。作者同时在诗中表现出个人理想与现实的碰撞，既有对俗世的不满，亦有对优游自在生活的向往；既追求庄子所描绘的自然无为的思想境界，又期待能有佳音、知己相伴。

在嵇康的笔下，我们能感受到他内心的多重性以及理想与现实的对抗。正如在《与山巨源绝交书》一文中所表露的："吾顷学养生之术，方外荣华，去滋味，游心于寂寞，以无为为贵。"②这与《庄子·刻意》所说的"夫恬淡寂漠，虚无无为，此天地之平而道德之质也"③一致，嵇康深受庄子思想的影响，以无为处世，求内心安宁，以此排遣来自世俗的不公与愤懑之情。他在《答难养生论》中亦提到："以无罪自尊，以不仕为逸。游心乎道义，偃息乎卑室。恬愉无遌，而神气条达。岂须荣华，然后乃贵哉？"④可见其不慕荣华，游心于道，主张淡泊而优游的生活方式。

嵇康之后，以追寻淡泊、自在生活为主题的诗赋趋于增多，"游

---

① （魏）嵇康著，戴明扬校注：《嵇康集校注》，人民文学出版社 1962 年版，第 74 页。

② （魏）嵇康著，戴明扬校注：《嵇康集校注》，人民文学出版社 1962 年版，第 125 页。

③ （晋）郭象注，（唐）成玄英疏，曹础基、黄兰发点校：《庄子注疏》，中华书局 2011 年版，第 291 页。

④ （魏）嵇康著，戴明扬校注：《嵇康集校注》，人民文学出版社 1962 年版，第 172-173 页。

心"成为诗人们寄托归隐之心、摆脱俗世烦闷的一种方式。陶弘景《寻山志》云：

> 倦世情之易挠，乃杖策而寻山，既沿幽以达峻，实穷阻而备艰。渺游心其未已，方际夕乎云根；欣夫得志者忘形，遗形者神存。①

开篇点明作者心志，即倦于世情之纷乱，遂执杖而寻山。虽路途遥远而险阻，然游心亦远，希望去往云际之处。"欣夫"二句表明作者愿为其志而舍其身，所谓形灭而神存。

此外，像宋代名臣李纲，亦有诗涉及"游心"，以表明他对于归隐生活的向往。有诗云：

> 寓形天壤间，自适乃其至。放怀得山林，肯逐市朝醉。举世竞纷华，谁识静中意。澄清谢泥滓，淘汰见精神。游心无何乡，养此浩然气。……（《次韵题乐全庵赠邓季明》）②
>
> ……万籁久都寂，游心物之初。借问尘埃中，还有此乐无。何当兵革息，归老山中居。（《云岩月林堂偶成古风》）③

前一首诗中的"游心无何乡"，语出《庄子·应帝王》"予方将与造物者为人，厌则又乘夫莽眇之鸟，以出六极之外，而游无何有之乡，以处圹埌之野"④，诗人通过"游无有以逍遥"，表明渴求远离尘世的纷扰，

---

① （梁）陶弘景著，王京州校注：《陶弘景集校注》，上海古籍出版社 2009 年版，第 1 页。

② （宋）李纲：《李纲全集》卷 9，岳麓书社 2004 年版，第 93 页。

③ （宋）李纲：《李纲全集》卷 18，岳麓书社 2004 年版，第 236 页。

④ （晋）郭象注，（唐）成玄英疏，曹础基、黄兰发点校：《庄子注疏》，中华书局 2011 年版，第 160 页。

不愿被外界的喧嚣吞没心中的浩然之气。后一首中的"游心物之初",亦语出《庄子》,更为直接地表达了诗人想放下俗务隐入山林的心愿,亦从侧面反映出其身处官场的无奈与苦闷。

诸多文人通过诗歌的形式记录其当下的境遇与心迹,在老庄思想不断传播的过程中,更多的文人关注到"游心"的价值,更注重觉察个人内心的情感变化,"游心"对于人生方向的抉择也提供了更多的可能。如"游心太古初,得句万物表"(余观复《读柴桑集》)①、"游心如太空,视彼何芥粟"(李鷃《大木山》)②等,皆说明诗人因对现实的不满,欲游心于"太古初"或"太空"的境界,这种对虚幻世界的向往,实则蕴含着对现实境况的失望。同时,我们看到,"游心"从道家文献中走出,进入更为广阔的文学世界中,伴随着诗人们的想象,其内涵得到进一步延展,这也有利于推动庄子心论在后世的传播与发展。

三、"游心"的词义演变

人们对于"游心"的理解,深受庄子思想的影响。自从魏晋名士以"游心"宣示个性的解放后,其使用范围愈加扩大,其词义也在后世逐渐发生变化。"游心"不再仅仅是道家的专属词汇,它同时也容纳了更为多样的文化内涵,从中亦可反映道家思想与其他思想文化间的交融过程。

首先需要明确的是,"游心"最早在《庄子》一书中出现时,庄子的"游心"要求应投其心志以游之,具有专注性,如此才能体会到"道"的旨意。这也就意味着,"游心"的基础即应做到"潜心""留心"。如《庄子·骈拇》云:"骈于辩者,累瓦结绳窜句,游心于坚白同异之间,而

---

①　北京大学古文献研究所编:《全宋诗》卷 1201,北京大学出版社 1995 年版,第 13586 页。

②　北京大学古文献研究所编:《全宋诗》卷 2214,北京大学出版社 1998 年版,第 39501 页。

敝跬誉无用之言非乎？而杨、墨是已。"①庄学认为杨墨之属游荡心思于坚白同异的论题上，骋其奇辩，并非天下之正途。此处是《庄子》书中唯一一次用"游心"形容其他学派思想，并持反对意见。然从中亦能看出，"游心"具有"留心、专于某事"之意，随着庄子心论在后世的影响扩大，"游心"不仅是庄子心论的重要概念，它也成为具有积极意义的语词。

后世如陈亮的《上光宗皇帝鉴戒箴》一文曰："圣言不可侮，人心不可咈。倾耳乎公卿之言，游心乎帝王之术。勿谓和议已成，而不虑乎远图；勿谓大位已得，而不恤乎小失。"②作者以其饱满的爱国热情，规劝光宗完成兴复大业。其中提到"游心乎帝王之术"，谓其应专心于治国之道，图谋远虑。

又有范仲淹《遗表》云："伏念臣生而遂孤，少乃从学。游心儒术，决知圣道之可行；结绶仕涂，不信贱官之能屈。才脱中铨之冗，遽参丽正之荣。耻为幸人，窃论国体。"③此处的"游心"并非与道家有关，而是表达醉心于正统儒学。事实上，这种将"游心"用以修饰儒学的表述，在此之前便已出现，如北齐刘昼《刘子·九流》曰："儒者，晏婴、子思、孟轲、荀卿之类也。顺阴阳之性，明教化之本；游心于六艺，留情于五常……"④另有如"游心书圣""游心圣贤""游心经术"等说法，皆有沉浸其中之意。

明清时期，亦有"游心竹素"之说，如明代费元禄《鼂采馆清课》云："余尝致书元卿，年近三十，侵增懒癖，雄心若灭若没。绝迹市朝，游

① （晋）郭象注，（唐）成玄英疏，曹础基、黄兰发点校：《庄子注疏》，中华书局 2011 年版，第 172 页。
② （宋）陈亮：《龙川集》，《景印文渊阁四库全书·集部》第 1171 册，台湾商务印书馆 1986 年版，第 583 页。
③ （宋）范仲淹著，李勇先、王蓉贵校点：《范仲淹全集》，四川大学出版社 2007 年版，第 426 页。
④ 杨明照校注，陈应鸾增订：《增订刘子校注》，巴蜀书社 2008 年版，第 775 页。

心竹素。以经史为环堵，以丘坟为伊吾。"①所谓"游心竹素"，意为痴心于史册书籍，不为外物所扰。

"游心"的词义在后世发生了变化，不单单用以形容道家学说，这反映了大众对"游心"一词接受度的加大，其词义也进行了扩充，这正是文化交融的一个缩影。

四、结语

"游心"是理解庄子乃至道家心论的法门。所谓"游心"，就道家角度来说，它蕴含着"顺应自然""循物之本性"的旨趣。魏晋以后，随着玄学思想的发展，庄子思想焕发光芒，"名士大多因阐发《庄子》哲理或践行庄子学说而出名，思想文化界弥漫着浓厚的庄学气息。很显然，《庄子》已成为此期文明的中心"②，遂有众多名士追求庄子优游于世、不拘于形的人格精神，由此对"游心"有了进一步的思考与运用。其中以嵇康为代表的诗人，在不满于现实社会的状态下，借助"游心太玄""游心玄默"来释放愤懑、抑郁的情绪，并希望以归隐、遁世的理想方式来追求内心的安宁与平静。这种淡泊的生活态度，实则是与现实碰撞的结果。因此，"游心"在后世的文学创作中，便带有"归隐""淡泊""遗世独立"的人生态度，这也是沿着庄子"游心"思想的再阐释与情感的再抒发。

"游心"的第三重含义，即"留意、专注于某事"，可追溯至《庄子·骈拇》。但与后世用法不同的是，《庄子》中的"游心于坚白同异之间"，作者持否定态度，后世所谓的"游心儒术""游心六艺""游心竹素"等用法，皆是肯定与赞赏。

总之，"游心"作为中国文化史上一个重要的词汇，其词义的产生

① 四库全书存目丛书编纂委员会编：《四库全书存目丛书·子部》第118册，齐鲁书社1995年版，第115页。
② 刘生良：《〈庄子〉文学阐释接受史》，科学出版社2015年版，第70页。

与发展经历了漫长的过程，在历史的浩瀚长河中，众多文人受其影响，而又对其产生影响。它是我们了解自先秦以来道家心论发展的关键点，也是我们走进古代文学创作者内心世界的一条路径。

第三节 "神与物游"思想探析

刘勰的文论思想集于《文心雕龙》一书，其中《神思》篇是其文章创作论的代表①，刘勰将该篇视作"驭文之首术，谋篇之大端"②。篇中出现的"神与物游"一语，历来备受学者关注。尤其是"神与物游"的思想来源，歧说迭出，如孔娜娜关注到《文心雕龙》对《庄子》在思想、艺术精神等方面的继承与发展③，江丹以"自由"为"游"之本质，将庄子之"道"与刘勰的文论相联系，肯定刘勰对庄子虚静说的发展④，李建中、余慕怡指出"神与物游"在魏晋山水文学滋生时期应运而生，其中的"神"与"物"分别对应主体与外物，此二者实现在同一空间下的互动⑤，孙姣姣指出"神与物游"的"游"从哲学向文艺范畴转变，并结合文意对这一概念进行简要阐述⑥。本节拟就"神与物游"的思想内涵与思想来源作进一步探讨，尤其侧重分析《文心雕龙》对《庄子》思想的接受情况，以及"神与物游"与庄子心学的关系。

---

① 有关《神思》篇的讨论，可参见张敬雅：《〈文心雕龙·神思〉研究综述》，《西华师范大学学报》(哲学社会科学版)2015 年第 1 期。

② (梁)刘勰著，范文澜注：《文心雕龙注》，人民文学出版社 1958 年版，第493 页。

③ 孔娜娜：《〈文心雕龙〉对〈庄子〉的接受》，陕西理工大学硕士学位论文，2019 年。

④ 江丹：《自由之"游"：从庄子艺术人生到刘勰艺术境界》，《湖北民族学院学报》2016 年第 4 期。

⑤ 李建中、余慕怡：《求"游"于远："神与物游"新解》，《江汉论坛》2020 年第 5 期。

⑥ 孙姣姣：《中国古典美学之"游"性体验的生态意蕴》，山东理工大学硕士学位论文，2013 年。

一、"神与物游"与庄子思想

"神与物游"一语出自《文心雕龙·神思》，现将相关内容摘录如下：

> 古人云：形在江海之上，心存魏阙之下；神思之谓也。文之思也，其神远矣。故寂然凝虑，思接千载；悄焉动容，视通万里；吟咏之间，吐纳珠玉之声；眉睫之前，卷舒风云之色；其思理之致乎。故思理为妙，神与物游。神居胸臆，而志气统其关键；物沿耳目，而辞令管其枢机。枢机方通，则物无隐貌；关键将塞，则神有遁心。是以陶钧文思，贵在虚静，疏瀹五藏，澡雪精神……此盖驭文之首术，谋篇之大端。①

对"神与物游"一语含义的理解，历来便有不同的观点。黄侃曾指出："此言内心与外境相接也。内心与外境，非能一往相符会，当其窒塞，则耳目之近，神有不周；及其怡怪，则八极之外，理无不浃。然则以心求境，境足以役心；取境赴心，心难于照境。必令心境相得，见相交融。"②黄侃将"神"与"物"分别对应内心与外境，同时注意到二者间的关系，即二者相融相洽，方能有所感悟。细究黄侃所言，能看出他更强调"神"或"内心"对"物""外境"的主导性，因而更多强调"心"对"境"的役使。

郭绍虞所主编的《中国历代文论选》认为"这里指艺术构思的妙用在于想象活动与事物形象的紧密结合"，"神，指的是作者的想象；物，指事物的形象；游，一起活动"③，这一说法代表今人对"神与物游"的一种普

---

① （梁）刘勰著，范文澜注：《文心雕龙注》，人民文学出版社1958年版，第493页。

② 黄侃：《文心雕龙札记》，华东师范大学出版社1996年版，第118-119页。

③ 郭绍虞主编：《中国历代文论选》（一卷本），上海古籍出版社2001年版，第86页。

遍认识。再如陆侃如、牟世金《刘勰和文心雕龙》一书指出："……能使作者的思想与外物密切结合，共同活动。……'神与物游'四个字，多少接触到了形象思维的特点，也初步指出了艺术构思的要领：想象不能离开外界事物，而必须紧紧围绕着物的具体形象。"①周振甫在《文心雕龙今译》中如此解释："所以构思的奇妙，使得精神能和外物相交接。"②后在《文心雕龙注释》注云："精神活动和外物相接触。"③这些学者均已注意到"神"与"物"应是相互联系、相互作用的。

一些学者更关注"神与物游"中"游"的含义。前文所提及的各种说法，基本上认为"游"是"交融""交接"等含义，即从"游动"等常见义出发，以突出"游"的互动性与融通性。祝向军重点就"游"的内涵进行分析，认为"'游'字采用了《庄子》'游'字的特殊用法，具有无意志、非理智、超功利的特点"④。赵海也是将"游"的内涵与《庄子》的"游""游心"思想相结合来看待，"在先秦，'游'虽然是在哲学层面上运用，但是它引发的两层美学意义即一指自由的、审美的境界，二指审美的体验，对刘勰'神与物游'命题有深刻的影响"⑤。此外还有其他学者以"游"为切入点，结合庄子思想对"神与物游"加以阐述。⑥

那么，"神与物游"以及《神思》篇究竟是否受到庄子思想影响？又

①　陆侃如、牟世金：《刘勰和文心雕龙》，上海古籍出版社 1978 年版，第 44 页。

②　周振甫：《文心雕龙今译》，中华书局 1986 年版，第 246 页。

③　(梁)刘勰著，周振甫注：《文心雕龙注释》，人民文学出版社 1981 年版，第 297 页。

④　祝向军：《"神与物游"中"游"字新解》，《华中师范大学学报》(哲学社会科学版)1991 年第 2 期。

⑤　赵海：《"神与物游"中"游"的美学意义》，《四川大学学报》(哲学社会科学版)1994 年第 4 期。

⑥　参见马汉钦：《神与物游：从老庄到刘勰》，《唐都学刊》2004 年第 6 期；李冰雁：《〈文心雕龙〉中"神思"范畴的理论渊源与内涵》，《南京工业大学学报》(社会科学版)2010 年第 3 期；耿波：《〈文心雕龙〉中"神与物游"的隐意》，《枣庄学院学报》2013 年第 6 期；李建中、余慕怡：《求"游"于远："神与物游"新解》，《江汉论坛》2020 年第 5 期。

在多大程度上受其影响呢?

不可否认,《神思》篇中确实存在《庄子》的痕迹。就上文所引段落而言,如"形在江海之上,心存魏阙之下"一句,出自《庄子·让王》:"中山公子牟谓瞻子曰:'身在江海之上,心居乎魏阙之下,奈何?'"①原文说的是公子牟身虽隐居,而心念利禄。《神思》引用此句,以说明神思具有突破时空局限、无所约束的特点,已与《庄子》原文无直接关联。至于"疏瀹五藏,澡雪精神"之句,则出自《庄子·知北游》:"老聃曰:'汝斋戒,疏瀹而心,澡雪而精神,掊击而知。……'"②成玄英疏云:"汝欲问道,先须斋汝心迹,戒慎专诚,洒濯身心,清静神识,打破智圣,涤荡虚夷。"③"疏瀹""澡雪"等行为,皆是为了让自身能够进入无我状态,瓦解已有的观念或偏见。而刘勰为"陶钧文思"提出的要求与方法实与《庄子》此处所讲的状态息息相通,意在说明酝酿文思时不能有杂乱之念,应全身心投入对外物的感知之中。

另有"贵在虚静"一语,有关"虚静"概念的提出,历来注家多追溯到《庄子·人间世》中的"唯道集虚"④。黄侃则与《老子》相联系:"《老子》之言曰:'三十辐共一毂,当其无,有车之用。'尔则宰有者无,制实者虚,物之常理也。"⑤王元化反对以"静以制动、静以养心、去知去欲、无求无藏"这种带有消极的态度来看待刘勰此处的"虚静",认为此处语意符合荀子"虚壹而静"的思想,而不同于庄子思想。⑥ 针对这一

---

① (晋)郭象注,(唐)成玄英疏,曹础基、黄兰发点校:《庄子注疏》,中华书局2011年版,第510页。

② (晋)郭象注,(唐)成玄英疏,曹础基、黄兰发点校:《庄子注疏》,中华书局2011年版,第395页。

③ (晋)郭象注,(唐)成玄英疏,曹础基、黄兰发点校:《庄子注疏》,中华书局2011年版,第395页。

④ (晋)郭象注,(唐)成玄英疏,曹础基、黄兰发点校:《庄子注疏》,中华书局2011年版,第81页。

⑤ 黄侃:《文心雕龙札记》,华东师范大学出版社1996年版,第119页。

⑥ 王元化:《文心雕龙讲疏》,广西师范大学出版社2004年版,第134-136页。

说法，张少康在《文赋集释》一书中曾有相关的论述，他指出"老庄讲的'玄览'、'虚静'有主张无知无欲的消极一面，但也有达到'大明'境界的积极一面"，"于是，'虚静'说遂成为我国古代(包括儒、道、佛三家)论创作构思的一个重要内容"①。因此，《神思》中的"虚静"与下文"疏瀹五藏，澡雪精神"皆是引用道家之言，不可割裂视之。这种看似消极的方式实际上是为了清空个人的杂念，正如《庄子》所言"唯道集虚。虚者，心斋也"②，通过虚其心，疏其性，便可使文思汇集而进入创作阶段，这与道家以虚静之心达于至道的思路相一致。

由上可见，刘勰阐述"神思"时，多受庄子思想的影响。"文思""思理""神与物游"等，都是非具象的概念，故在理解时亦不能拘泥于字义，而应从作者所要表达的主旨、思想内核来解读。因此对"游"字的理解，从《庄子》的"游"切入，当是可行的路径。而对"游"予以艺术化的使用与阐发，最早见于《庄子》一书，尤其以《逍遥游》最具代表性。此篇看似是在讨论有待无待、小大之辨等哲理性的问题，实则其深层目的是指向"逍遥游"这一要旨。文中两次出现"游"：

> 若夫乘天地之正而御六气之辩，以游无穷者，彼且恶乎待哉！故曰：至人无己，神人无功，圣人无名。③
> 藐姑射之山，有神人居焉。肌肤若冰雪，绰约若处子。不食五谷，吸风饮露。乘云气，御飞龙，而游乎四海之外；其神凝，使物不疵疠而年谷熟。④

---

① (晋)陆机著，张少康集释：《文赋集释》，人民文学出版社 2002 年版，第 33-34 页。
② (晋)郭象注，(唐)成玄英疏，曹础基、黄兰发点校：《庄子注疏》，中华书局 2011 年版，第 81 页。
③ (晋)郭象注，(唐)成玄英疏，曹础基、黄兰发点校：《庄子注疏》，中华书局 2011 年版，第 11-12 页。
④ (晋)郭象注，(唐)成玄英疏，曹础基、黄兰发点校：《庄子注疏》，中华书局 2011 年版，第 15-16 页。

以上文字中的"游",若单从词义角度分析,皆为动词,是"遨游"之意。庄子笔下能"游"之人皆非常人。观列子御风而行,已超乎常人之可为,然仍需要有所凭借。真正能遨游于无尽者,必无所待。所谓"无待"的标准,即"乘天地之正,而御六气之辩",郭象注云:"故乘天地之正者,即是顺万物之性也;御六气之辩者,即是游变化之涂也。如斯以往,则何往而有穷哉!"①若能顺万物之本性、循自然之变化,如此便可无待而游,游于无穷之境。真正能达成此境界之人,庄子给出的答案是"至人""神人"以及"圣人",成玄英疏云:"至言其体,神言其用,圣言其名……一人之上,其有此三,欲显功用名殊,故有三人之别。"②"至人""神人""圣人"于某一方面各有所成,忘却个人之私念,顺应自然之至道,故可"以游无穷"。

《逍遥游》中的"神人"乘云气、御飞龙,"游乎四海之外"。类似的表述还见于《庄子·齐物论》:"至人神矣!大泽焚而不能热,河汉冱而不能寒,疾雷破山、飘风振海而不能惊。若然者,乘云气,骑日月,而游乎四海之外。死生无变于己,而况利害之端乎!"③可见"至人"无心,不以死生、损益动其心,乘变化以游之,此正与"逍遥游"之意相合。

何谓"逍遥"?郭象以"自得之称"释之。《庄子·天运》有"逍遥,无为也"④之说,"自得"是个体内在的感受,"无为"是外在的行为表现,内外相通,便能至于"道"。"逍遥游"是为"逍遥之游",唯有真正领悟自然本性的"至人""神人""圣人",才能进入"游"之境。因此,"游"在《庄子》的思想体系中传达出的是一种对"无为""自然"的追求,

① (晋)郭象注,(唐)成玄英疏,曹础基、黄兰发点校:《庄子注疏》,中华书局2011年版,第11页。
② (晋)郭象注,(唐)成玄英疏,曹础基、黄兰发点校:《庄子注疏》,中华书局2011年版,第12页。
③ (晋)郭象注,(唐)成玄英疏,曹础基、黄兰发点校:《庄子注疏》,中华书局2011年版,第52页。
④ (晋)郭象注,(唐)成玄英疏,曹础基、黄兰发点校:《庄子注疏》,中华书局2011年版,第281页。

若仅从其字义揣摩，或是简单以"自由""游戏"等西方概念套用，皆未得其思想之精髓。

徐复观曾指出：

> 乘天地之正，郭象以为"即是顺万物之性"，……人所以不能顺万物之性，主要是来自物我之对立；在物我对立中，人总是以自己作衡量万物的标准，因而发生是非好恶之情，给万物以有形无形的干扰。自己也会同时感到处处受到外物的牵挂、滞碍。有自我的封界，才会形成我与物的对立；自我的封界取消了（无己），则我与物冥，自然取消了以我为主的衡量标准，而觉得我以外之物的活动，都是顺其性之自然，都是天地之正……①

以上文字就"乘天地之正""御六气之辩"而发，深刻揭示出"游"的根本要求是消解自我的杂念，顺万物之本性，在无己的状态下与外物交融。而这恰是刘勰"神与物游"思想的本意。由此见之，"神与物游"之"游"实得庄子"游"观念的要旨。

对"神与物游"中"游"字的解读，仅以"接触""交接"来解释"游"，其实皆未明作者的言外之意。从《庄子》切入，可帮助我们体悟"神与物游"的内涵。"游"体现的是个人"成心"的消解，在遵循自然无为的条件下，真正做到物我合一。故"神与物游"与"贵在虚静"以下三句再次形成呼应，就如《庄子》中"游心"与"心斋"之关系，其构思之精妙、用心之细腻可见一斑，对《庄子》思想的领悟可谓化用于无形。

二、"神""物"与主客体关系

"神与物游"展现出不同于此前的文学思维与审美思想，是魏晋以来文学意识觉醒与发展的重要体现。"神与物游"中"神""物"二者的关

---

① 徐复观：《中国人性论史·先秦篇》，上海三联书店 2001 年版，第 351 页。

系，简言之，即审美关系中的主客体关系。然对"神""物"二字的理解，历来说法不一。对"神"的解释可大致分为三种：

其一，将"神"理解为"内心"，以黄侃为代表①。

其二，意为"想象"。前文提到的郭绍虞主编《中国历代文论选》即持此说。此外，郭外岑也有相关的论说："'神思'……而应该是以'神'为特征的'文思'，亦即以想象为特征的艺术构思，即我们今天所说艺术思维。……凡篇中只用'思'或'文思'和'神'或'神思'的时候，意思是并不完全相同的，前者偏于指一般的创作构思，后者则只指艺术思维或想象。"②虽然是针对"神思"而谈，但很明显将"神"看作"想象"。

而这种说法受到寇效信的反对，他指出："想象是人的精神的活动功能。但精神与其功能不能等同。有人认为单独出现的'神'字为想象，……把'神与物游'解作想象与外物交游……这种理解就是把精神与其功能混为一谈。"③他认为"神"应理解为"精神"，这便是第三种观点。周振甫亦主此说④。此外，陆侃如、牟世金《刘勰和文心雕龙》分别以"精神"和"外界事物"来解释"神"与"物"⑤。牟世金《文心雕龙译注》将"神与物游"译为"指作者的精神与外物的形象密切结合，一起活动"⑥，此处"神"亦以"精神"之意解之。寇效信认为"《神思》篇不论

① 黄侃：《文心雕龙札记》，华东师范大学出版社1996年版，第118页。

② 郭外岑：《释〈文心雕龙·神思〉篇——兼谈我国艺术思维理论形成的特征》，《古代文学理论研究》第8辑，上海古籍出版社1983年版，第149页。

③ 寇效信：《释"神思"》，《文心雕龙学刊》第5辑，齐鲁书社1988年版，第262页。

④ （梁）刘勰著，周振甫注：《文心雕龙注释》，人民文学出版社1981年版，第297页。

⑤ 值得注意的是，此段之后，在对"神与物游"的含义进一步解释中，陆侃如、牟世金又认为"神"是"想象"之意，以及又有"刘勰进一步谈到作家的精神和外界事物的关系"之语（陆侃如、牟世金：《刘勰和文心雕龙》，上海古籍出版社1978年版，第44页）。据此观之，他们或对"精神"与"想象"二词尚未有明确的区分，故时而混淆使用，然总体来说，对"神"的理解应是"精神"之意。

⑥ 牟世金：《文心雕龙译注》，《牟世金文集》第2册，人民文学出版社2022年版，第460页。

'神'单独出现,或是与'思'组合成为'神思',都指精神"①。

有关"物"的解释,主要有两种说法:

有的学者主张将"物"以"外境""外物"等释之,持此说之学者较多。如黄侃、范文澜便认为是"外境"之意②。周振甫、牟世金等人以"外物"③"外界事物"④"外物的形象"⑤来解释,他们皆认为"物"是客观存在的事物,与个体主观之"神"相对应。王元化亦认为"物"是客观的对象,"论者把它解释为外境,或解释为自然,或解释为万物,都是可以说得通的"⑥。

另有学者认为此处的"物"并非客观事物,应是带有主观色彩的"物象"。寇效信提出:"不仅陆机把客观现实之'物'与主观意识中的'物象'统称为'物',刘勰也是如此。……这里的所谓'物',从语言环境、行文逻辑来看,都以解作'物象'为宜。"⑦

对"物"字的理解,应结合其上下文通盘考虑。构思的妙处在于"神与物游",而上文自"故寂然凝虑"至"卷舒风云之色"云云,皆言"思理之致",正是构思的过程及内容。在这一过程中,"物"能够展现在眼前,"吐纳珠玉之声""卷舒风云之色",便是通过"神"动而达成的"物"现。寇效信认为"这种有声有色之'物'呈现于作者的意识之中,便是

---

① 寇效信:《释"神思"》,《文心雕龙学刊》第 5 辑,齐鲁书社 1988 年版,第 256 页。

② 黄侃:《文心雕龙札记》,华东师范大学出版社 1996 年版,第 118 页;(梁)刘勰著,范文澜注:《文心雕龙注》,人民文学出版社 1958 年版,第 497 页。

③ 周振甫:《文心雕龙今译》,中华书局 1986 年版,第 246 页;周振甫:《文心雕龙注释》,第 297 页。

④ 陆侃如、牟世金:《刘勰和文心雕龙》,上海古籍出版社 1978 年版,第 43 页。

⑤ 牟世金:《文心雕龙译注》,《牟世金文集》第 2 册,人民文学出版社 2022 年版,第 460 页。

⑥ 王元化:《文心雕龙讲疏》,广西师范大学出版社 2004 年版,第 98 页。

⑦ 寇效信:《"神思"与形神之辨——对刘勰"神思"论心理机制的考辨》,《陕西师范大学学报》(哲学社会科学版)1986 年第 4 期。

'神与物游'。……为主观想象之'物'"①，他亦注意到此处"故寂然凝虑……其思理之致乎"与"故思理为妙，神与物游"二句间，实则表达了相同的内容。但根据这种看法，"物"不是客观存在的对象，而是经由个人的选择与描绘后呈现出来的内容。

换言之，一些学者之所以认为"物"是非客观的，是因为"神"与"物"具有存在的同时性。"物沿耳目，而辞令管其枢机"②"枢机方通，则物无隐貌"两句也可联系起来一同考虑。这两句明确提到，所谓"物"经人之耳目再以言语的方式表现出来，表现的关键在于"辞令"，形象化的描摹能够让"物"最大程度真实清晰地展现在读者眼前。由此，下文便突出说明"学识"和"文才"的重要性，否则会出现"暨乎篇成，半折心始""或理在方寸而求之域表，或义在咫尺而思隔山河"的情形。由此可知，刘勰所言"物"，并非意指"物"带有"我"之色彩，而是想通过个体的创作与谋思，将"物"之本象尽力还原。故其篇末云"物以貌求，心以理应"，"物象用它的形貌来打动作家，作家心里产生情理来作为反应"③，正是对"物"的再次阐释与总结，突出的仍是"物"的客观性。

此外，"神"与"物"相对而言。在创作过程中，人之"神"可脱离形体而自由跃动，正是说明"精神"的无边性与自在性。故以"精神"释之更为合宜。

"神与物游"一句，明确地展现出创作活动中主体与客体二者间的密切关系。刘勰亦关注到"神"与"物"在相互融合的过程中，存在着复杂的内在联系。如上文所言，从"游"字已见创作之要旨，主体需消解

---

① 寇效信：《"神思"与形神之辨——对刘勰"神思"论心理机制的考辨》，《陕西师范大学学报》(哲学社会科学版)1986 年第 4 期。

② 此句的"物"，范文澜注曰："物，谓事也，理也。事理接于心，心出言辞以明之。"参见(梁)刘勰著，范文澜注：《文心雕龙注》，人民文学出版社 1958 年版，第 497 页。对于文中两处"物"之解释不同的问题，王元化已注意到，并有专文论之，可供参考。参见王元化：《文心雕龙讲疏》，广西师范大学出版社 2004 年版，第 99 页。本节认为两处"物"应为同一含义。

③ 周振甫：《文心雕龙今译》，中华书局 1986 年版，第 251 页。

个人的杂念，全身心投入，物我合一，方能至于"游"之境。然究竟何为"物我合一"，如何理解主客体之间复杂而难以言说的关系，这就需要将刘勰置于中国文艺理论发展的脉络中予以探讨。

在《文心雕龙》出现之前，陆机在《文赋》中已经就"神"的活动及其与外物的关系开始了一次积极且较为系统性的探索与思考，《文赋》还直接影响了刘勰的思想。清人章学诚就认为："刘勰氏出，本陆机氏说而昌论本心。"(《文史通义·文德》)①周振甫更明确提道："刘勰这篇《神思》，在陆机《文赋》的基础上有了很大发展，是他的创作总论，是吸取前人创作经验而加以系统化，是本书的重要篇章。"②《文赋》开篇论及"感物而发"的创作源起：

> 遵四时以叹逝，瞻万物而思纷。悲落叶于劲秋，喜柔条于芳春。③

陆机感四季之交替而叹年岁之流逝，观外物之兴衰而触己之情思，秋日见叶落枯黄而倍感悲伤，春日见新芽生发而心有愉悦。此四句主要讲自然事物对人情的触发，情由物而生。这一认识渊源有自，早在《礼记·乐记》中便已出现了"感物"之说：

> 凡音之起，由人心生也。人心之动，物使之然也。感于物而动，故形于声。声相应，故生变；变成方，谓之音；比音而乐之，及干戚羽旄，谓之乐。

① (清)章学诚著，叶瑛校注：《文史通义校注》，中华书局1985年版，第278页。
② (梁)刘勰著，周振甫注：《文心雕龙注释》，人民文学出版社1981年版，第307页。
③ (晋)陆机著，张少康集释：《文赋集释》，人民文学出版社2002年版，第20页。

> 乐者，音之所由生也，其本在人心之感于物也。是故其哀心感者，其声噍以杀；其乐心感者，其声啴以缓；其喜心感者，其声发以散；其怒心感者，其声粗以厉；其敬心感者，其声直以廉；其爱心感者，其声和以柔。六者非性也，感于物而后动。①

此段虽是就音乐的形成过程展开论述，但其中所表达"心感于物"的重要思想亦对文论的发展产生了深远的影响。《乐记》中多次强调音之生，是由"人心之感于物也"，这是音乐出现的本原，将"物"视作起点与根源，而人心在感知的过程中，产生不同的情感，随之有不同的乐音来表现。其中"物"的范畴，历来是争论的话题。② 这里的"物"主要指社会人事方面，与《乐记》之旨相一致，其下文将"乐声"与政事、礼乐教化等相联系，有"感于物而动，性之欲也。物至知知，然后好恶形焉。好恶无节于内，知诱于外，不能反躬，天理灭矣"③云云，其意在宣明儒家的政教观念，以礼乐抑制人性之恶，而扬其善。

由此而知，"感物"之说发端于儒家乐教论，至后世尤其是魏晋时期，陆机、刘勰等人将其运用于文论之中。然有所不同的是，《文赋》中的"感物"之"物"，很明显是自然之物，不及社会人事方面，钱钟书针对此点指出："子显《自序》尚及'送归'，《诗品·序》更于兴、观、群、怨，'凡斯种种'足以'陈诗'者，遍举不遗；陆《赋》则似激发文机，惟赖观物，相形殊病疏隘，殆亦征性嗜之偏耶？"④陆机以四句话概括在审美活动与创作过程中主客体间的关系，比起《乐记》所注重的"社会生活"对人的影响，《文赋》更强调自然事物对主体情思的触动作用，

---

① （清）阮元校刻：《礼记正义》卷37，《十三经注疏》，中华书局2009年版，第3310-3311页。

② 参见吕亭渊：《魏晋南北朝文论之物感说》，北京大学博士学位论文，2013年，第14页。

③ （清）阮元校刻：《礼记正义》卷37，《十三经注疏》，中华书局2009年版，第3314页。

④ 钱钟书：《管锥编》第3册，中华书局1979年版，第1182页。

从而存在一定的局限性；同时，只注意到客体对主体的单向作用，没有论及主体的主动性，这一观念实则仍没有脱离《乐记》的思想，还是将"物"放在根本的主导性位置。

> 其始也，皆收视反听，耽思傍讯，精骛八极，心游万仞。其致也，情曈昽而弥鲜，物昭晰而互进。①

此段与《神思》篇中"是以陶钧文思，贵在虚静，疏瀹五藏，澡雪精神""神与物游"等语可相对读。在进入创作阶段时，首先应摒弃自己的所有杂念与欲望，集中精神，与上文"伫中区以玄览"之意相承，强调"虚静"在酝酿文思时起到的关键作用，刘勰亦是如此认为。"精骛八极"二句，强调此时精神超越时空的局限，自由而无所束缚，"观古今于须臾，抚四海于一瞬"，亦是此意。又如《神思》篇所云："故寂然凝虑，思接千载；悄焉动容，视通万里。"二人所表达的意思是相同的，皆注意到精神思维的灵活性与自由性。"其致也"下三句，五臣注曰："文情出自不明而至鲜明也。情既鲜明，物亦明而互进，其文乃成也。"②在"物"引发情，情渐趋明确后，接着形成明晰的意象，"物"在这里是指"意象"，带有主观色彩。《神思》篇所说的"独照之匠，窥意象而运斤""是以意授于思"也是这个意思。需要注意的是，"瞻万物而思纷""物昭晰而互进"之"物"所指的对象有区别，寇效信也曾指出，前者是客观之物，后者是头脑中想象出来的"物象"，此说可从。但上文也已提到，寇效信据此认为"神与物游"中的"物"也是"物象"③，这点则

---

① （晋）陆机著，张少康集释：《文赋集释》，人民文学出版社 2002 年版，第 36 页。

② （晋）陆机著，张少康集释：《文赋集释》，人民文学出版社 2002 年版，第 40 页。

③ 寇效信：《"神思"与形神之辨——对刘勰"神思"论心理机制的考辨》，《陕西师范大学学报》(哲学社会科学版) 1986 年第 4 期。

有疑问。事实上,"神与物游"这一过程相对应的是"瞻万物而思纷",都描述在构思过程中,主客体之间发生互动的具体表现。

刘勰在前人之说的基础上,更为系统地阐明其文论思想。《神思》篇作为创作论部分的总说,体现着刘勰对创作活动的整体把握与深刻认识。"神与物游"一语简要地点明主客体的关系,强调物我合一、相互作用的创作关系,从其他篇章中也可看到对此概念的进一步具体表述。与之内容紧密相关的《物色》篇曰:

> 春秋代序,阴阳惨舒,物色之动,心亦摇焉。盖阳气萌而玄驹步,阴律凝而丹鸟羞,微虫犹或入感,四时之动物深矣。若夫珪璋挺其惠心,英华秀其清气,物色相召,人谁获安!是以献岁发春,悦豫之情畅;滔滔孟夏,郁陶之心凝;天高气清,阴沉之志远;霰雪无垠,矜肃之虑深;岁有其物,物有其容;情以物迁,辞以情发。一叶且或迎意,虫声有足引心。况清风与明月同夜,白日与春林共朝哉![1]

这段所表达的思想与《文赋》"遵四时以叹逝,瞻万物而思纷。悲落叶于劲秋,喜柔条于芳春"之句相当,亦是详细说明四时景物之变换对于人之情的影响,所谓"情以物迁,辞以情发",承续"感物"之说,是对《文赋》四句的再阐述。

又曰:

> 是以诗人感物,联类不穷。流连万象之际,沉吟视听之区;写气图貌,既随物以宛转;属采附声,亦与心而徘徊。[2]

---

① (梁)刘勰著,范文澜注:《文心雕龙注》,人民文学出版社 1958 年版,第693 页。

② (梁)刘勰著,范文澜注:《文心雕龙注》,人民文学出版社 1958 年版,第693 页。

"随物以宛转"与"物以貌求"(《神思》)之意相通，注重对景物的情状予以细致地描绘，"与心而徘徊"则强调情景交融，主客体的一致性，即所选取之"物"，应与其当下之心境、情思相合。这一表达与"心以理应""情以物迁"有明显的不同，刘勰开始意识到在创作活动中，不仅仅依靠客体的存在，主体具有更重要的选择与能动作用，但这一意识尚处于起步阶段，并未成熟。

此外，与"情以物迁"类似的论述亦散见于《明诗》《诠赋》诸篇，列举如下：

> 人禀七情，应物斯感，感物吟志，莫非自然。(《明诗》)①
> 原夫登高之旨，盖睹物兴情。情以物兴，故义必明雅；物以情观，故辞必巧丽。(《诠赋》)②

刘勰所言"应物斯感""情以物兴"等语，与上文提到的《神思》《物色》诸篇之旨一致，认为"情"是受到"物"的刺激而出现，深受传统儒家乐教观的影响，可以说"感物而发"的创作观在刘勰的时代仍是重要思想。

此处还提到"物以情观"，周振甫认为"这说明刘勰认为赋也应该以情志为主，通过体物来抒写情志，达到'丽词雅义'的要求"③，这就表明刘勰亦主张在作赋时应遵循其文体特征，将写作者的情志在体物过程中予以表露，这一观念已很接近后世"缘情写景"的说法。需要注意的

---

① (梁)刘勰著，范文澜注：《文心雕龙注》，人民文学出版社 1958 年版，第 65 页。
② (梁)刘勰著，范文澜注：《文心雕龙注》，人民文学出版社 1958 年版，第 136 页。
③ (梁)刘勰著，周振甫注：《文心雕龙注释》，人民文学出版社 1981 年版，第 89 页。

是，"物以情观"的前提仍是"情以物兴"，而他之所以强调"情"，是针对当时赋作"虽读千赋，愈惑体要""繁华损枝，膏腴害骨"的弊病而发。刘勰着重申说"情"，希望纠正一味堆砌丽藻以状物、不知为文之根本在于"情志"的风气。有学者指出："'物以情观'就是要以一定的情感为基础，以浓情的目光去接触、观察外物，融情于物。刘勰将两方面对举、结合，恰恰在客观上概括了一个情物交感的过程。"①刘勰的"无心"之举，实则已探及审美主客体的双向作用，这是一次重要的理论发展。

刘勰在《文心雕龙》中已明确指出以经学思想为其论说之根本，主张"道沿圣以垂文，圣因文而明道"②。在对审美主客体的认识上，他首先遵循《礼记·乐记》"感物"之旨，接续陆机《文赋》之说，"神用象通，情变所孕"（《神思》）③就是肯定创作过程中自然外物对人之情志的触动与启发。同时，我们也要看到刘勰有发展、进步的一面，他提出"神与物游""与心徘徊"等说，关注到"心"或是"神"所具有的重要能动作用，在传统学说的基础上，更大程度地重视"人"的情感，开始关注创作过程中主体的能动性。

通过对"神与物游"一语的深入分析，我们能够看到，刘勰有意识地思索"神"与"物"间的作用关系，以"游"体现创作时应达成物我合一的状态，展现主体与客体间相互作用的关系。然而囿于时代与个体认知水平的局限，其某些方面的表述尚不够全面。如有关"物"的具体内容，在《文心雕龙》中，"物"仍侧重于自然事物，未将社会生活方面包括在内，这就是未脱前人窠臼的表现。然瑕不掩瑜，以其独到的见解，"神

---

① 刘欣：《〈文心雕龙〉的文学思维探析》，山东师范大学硕士学位论文，2015年，第30页。

② （梁）刘勰著，范文澜注：《文心雕龙注》，人民文学出版社1958年版，第3页。

③ （梁）刘勰著，范文澜注：《文心雕龙注》，人民文学出版社1958年版，第495页。

与物游"成为极具生命力的命题，对后世的文学理论批评产生了深远影响。

三、结语

在刘勰之后，文学理论批评得到长足发展，论著迭出。刘勰的"神与物游"观念，也得到后人的进一步补充和完善。

钟嵘所撰《诗品》专论诗歌，其评论准则亦多与《文心雕龙》相合，其《序》曰：

> 气之动物，物之感人，故摇荡性情，形诸舞咏。……若乃春风春鸟，秋月秋蝉，夏云暑雨，冬月祁寒，斯四候之感诸诗者也。嘉会寄诗以亲，离群托诗以怨。至于楚臣去境，汉妾辞宫，或骨横朔野，魂逐飞蓬；或负戈外戍，杀气雄边；塞客衣单，孀闺泪尽；文士有解佩出朝，一去忘返；女有扬娥入宠，再盼倾国；凡斯种种，感荡心灵，非陈诗何以展其义？非长歌何以骋其情？[1]

陆机与刘勰的"感物"思想，皆从四时景物入手，引出"物以动情"，钟嵘则进一步思考并解决"何以动物"的问题。钟嵘在吸收以往学说的基础上，引入"气"的概念，"气"是万物之本原，成为诗歌形成的根源，也将"感物"之说予以充实和发展。

同时，"物"作为审美客体，其所指代的内容在《诗品》中得以完善，"四候之感诸诗"是承续以往之说，即强调自然外物对人情的触动，而"嘉会寄诗以亲"等句，则将现实的社会人事内容纳入，这些亦皆能触及主体或喜或悲的各类情思，正所谓"感于哀乐，缘事而发"，将"物"的范围从狭义变为广义，亦丰富了创作主体的情感经历，主体的情绪思

---

[1] （南朝）钟嵘著，陈延杰注：《诗品注》，人民文学出版社1961年版，第1-3页。

想能够更细腻地呈现出来。

随着文学理论的深入发展，文人对在创作中"心""物"的把握更为娴熟，评价的标准亦更为全面，近代王国维提出的"意境"说可谓集大成者，"有我之境，以我观物，故物皆着我之色彩。无我之境，以物观物，故不知何者为我，何者为物"①，所谓"有我之境"，正是"神与物游"之旨在后世的嬗变，"意境"的营造依赖于主客体的融通，物中有我，我中有意。

总而言之，"神与物游"为中国古代文论史添上了浓墨重彩的一笔，而围绕这一命题展开的讨论与思考亦随之而来。刘勰借鉴庄子之"游"，指明构思的关键在于达成物我合一的境界，"游"的观念突显出刘勰对道家思想的吸收与运用，虚心而后动，心静而能观物，神动而物现，神物合一，"神思"方成。故《南齐书·文学传论》曰："属文之道，事出神思，感召无象，变化不穷。"②文章之事，难在不可尽言，刘勰之论也正因其晦涩、隐晦的特点，给我们留下许多诠释的空间。另一方面，因其所处时代、观念的局限性，对"神""物"以及创作过程等抽象概念的认识仍不够全面与客观，以今人之眼光而附会之，恐未得其实，因此，尽可能从其文本出发，方能进一步接近刘勰思想的本相。

---

① 王国维著，徐调孚注：《人间词话》，人民文学出版社 1960 年版，第 191 页。

② （梁）萧子显：《南齐书》卷 52，中华书局 1974 年版，第 907 页。

第二章 "远游"与"游仙"

第一节 "远游"主题的生命美学分析

"远游"是中国古代文艺创作的重要主题，以"远游"为主题的作品，往往突显作者对生命的认识和感悟。中国美学本质上是一种生命美学，将生命看作宇宙的最高真实，将宇宙看作生生不息的生命整体。在生命美学的影响下，远游的文艺创作不仅有对行旅的描写，有实现超脱自由的渴望，还有对天地万有的思考，蕴含着对有限生命的思考和表达，体现出对无限生命意义的追求。本节拟通过"远游"建构生命美学空间，探讨"远游"这一主题所展现的超越个体局限、与自然和谐共存的生命趋势，以及从外在自我转向内在自我、从个体意识扩展到宇宙意识、从原始自我进化至更高自我的追求过程。

一、"远游"及以"远游"为主题的文艺创作

所谓"远游"，主要包含以下两方面的形式：其一，现实生活中的远行；其二，是和现实生活相对的精神或意识层面的远行，即"神游"。

《论语·里仁》记孔子语："父母在，不远游，游必有方。"①此处"远游"即"出远门"②，指现实生活中的真实行动。举凡军事战争、政

---

① （清）阮元校刻：《论语注疏》卷4，《十三经注疏》，中华书局 2009 年版，第 5368 页。

② 杨伯峻：《论语译注》，中华书局 1980 年版，第 41 页。

治外交、经商贸易、家族迁徙，都免不了要"远游"。记录此类远游活动的作品，可称为纪游文学。如《诗经》中就有不少羁旅行役诗，主要记述羁旅行役之苦，以及服役之人被迫行役四方时内心的痛苦。《穆天子传》记载了周穆王西征的全过程，是纪游文学的早期代表。

但古人对于"游"的追求远不止于此。有些地方人迹难至甚至虚无缥缈，但又心向往之，便要采用神游的方式，实现心中对自由的渴望和对现实的超越。这种"游"的实现途径是将自己的思绪、心灵或灵魂，像神仙一样触及身体无法到达的远方。在古人的心目中，想要实现像神仙一样自由无拘束的畅游，主要是两种方式：一种是道家强调的精神修炼；另一种是神仙家强调的形体修炼，即通过修炼直接改变人的体质。《庄子》的《逍遥游》一篇集中表现了道家精神修炼的内容，作者并没有描述"游"的详细过程，而是以鲲鹏、鸠雀、大椿、蟪蛄等为喻，说明"有待"逍遥即要有所凭借，并认识到此种"游"的局限性，实则更高层次的"游"是"无待"逍遥，即强调一种不凭借外在事物的精神自由状态。庄子借"无待"逍遥的方式，远游至那些虚无缥缈的，不可能到达的地方，即"四海之外""广莫之野""无何有之乡"。这样的"游"是精神心灵层面的自由之游，亦是心之"游"。神仙家强调形体修炼，即希望通过修炼成仙，从而实现在天地之间无限的畅游。《庄子·逍遥游》中不仅有对绝对精神自由的向往，还有对神人远游的描述："藐姑射之山，有神人居焉，肌肤若冰雪，绰约若处子，不食五谷，吸风饮露，乘云气，御飞龙，而游乎四海之外。其神凝，使物不疵疠而年谷熟。"①在《史记·封禅书》中便记录着燕、齐的诸侯王求仙的故事。曹操《陌上桑》写道："至昆仑，见西王母谒东君，交赤松，及羡门，受要秘道爱精神。食芝英，饮醴泉，拄杖［挂］枝佩秋兰。绝人事，游浑元。"②表现了求仙以求长生的愿望。

---

① （晋）郭象注，（唐）成玄英疏，曹础基、黄兰发点校：《庄子注疏》，中华书局 2011 年版，第 15-16 页。

② （宋）郭茂倩编：《乐府诗集》，中华书局 1979 年版，第 412 页。

古人对"远"的追求,不仅局限于物理空间的距离,更体现在追求时间上的悠长和空间上的深远。"远"进一步引申出生命理想和人生追求,内化成为文人内在的文艺情结和气质。反映在创作中,则表现为一种文艺自觉和生命自觉,如北宋画家郭熙在《林泉高致》中提出绘画的"三远"(平远、高远、深远)理论,"三远"中的"远"突破了山水有限的形质,引导观众的目光延伸向远方,从有限把握无限,在这种有和无、虚和实的统一中,展现出更广阔的想象空间。"远"不仅仅是距离上的遥远,更是天地人的圆融统一,彰显了在有限空间中的无限生命意义。

可见,在中国古代,以"远游"为主题的创作非常丰富,"远游"逐渐成为一种重要的创作主题。在中国漫长的文学艺术发展进程中,"远游"主题逐渐被确定下来,并不断得到深化和拓展。

二、"远游"主题的生命意识

中国美学是一种生命美学,它将生命看作宇宙的最高真实,将宇宙看作生生不息的生命整体,试图建立一个物我相融、天人合一的生命精神空间。自古以来人们对"远游"的思考和表达,带有强烈的生命意识,主要表现为慨叹生命有限,探寻生命的无限,寻求生命精神的安顿,追索无限的生命意义。

古人很早就意识到生命有限且短暂的这一事实,如孔子借流水感叹时光已逝,"子在川上,曰:'逝者如斯夫!不舍昼夜。'"(《论语·子罕》)①孔子认为时间就好似流水,飞快地流逝,永不复返,生命亦是如此。远游文学中如此的慨叹比比皆是。《诗经》中有不少"远游"诗,如"昔我往矣,杨柳依依。今我来思,雨雪霏霏。行道迟迟,载渴载饥。我心伤悲,莫知我哀"(《诗经·小雅·采薇》)②等诗句,透露出分

---

① (清)阮元校刻:《论语注疏》卷9,《十三经注疏》,中华书局2009年版,第5410页。

② (清)阮元校刻:《毛诗正义》卷9,《十三经注疏》,中华书局2009年版,第884页。

别的忧愁和对生命的悲痛感叹。当时的人们已然意识到"远游"不仅仅是远行那么简单,因而作品中充斥着时光易逝、生命有限、人生短暂的表达,反映了人们希望在有限的生命中实现更多的人生价值。这样的生命意识,"背后有一个令人敬畏而又负载着价值和意义体系的时间实体存在"①。游子常感怀人生如梦、岁月如梭、衰老不期而至,生命的脆弱与无常显得尤为突出。如无名氏《念奴娇》写道:"岁华渐杪,又还是春也,难禁愁寂。"②南宋词人张炎在《长亭怨》中写道:"慵忆鸳行,想应是、朝回花径。人静。怅离群日暮,都把野情消尽。"③北宋词人葛胜仲的《江神子(初至休宁冬夜作)》则说:"岁将穷。流落天涯,憔悴一衰翁。"④古代文人常用"愁""飘零""空寂""流落"等词语,突显作者在远游途中对生命短暂与人生虚幻的思考。

面对生命有限的境遇,古人试图探寻达到生命无限超越的途径。《离骚》和《远游》是早期游仙作品的代表。《离骚》明显地表达出屈原的生命意识,即对生命有限的悲哀,如"日月忽其不淹兮,春与秋其代序。惟草木之零落兮,恐美人之迟暮""老冉冉其将至兮,恐修名之不立。朝饮木兰之坠露兮,夕餐秋菊之落英"⑤,前一句描写日月不居和时不我待的生命紧迫性,后一句更进一步抒发老之将至却未得功名的对生命有限性的恐惧。屈原的内心发生很深刻的转变,实则是屈原生命意识的转变,"路曼曼其修远兮,吾将上下而求索","及荣华之未落兮,

---

① 吴国盛:《时间的观念》,北京大学出版社 2006 年版,第 43 页。

② 唐圭璋编撰,王仲闻参订,孔凡礼补辑:《全宋词》,中华书局 1999 年版,第 4558 页。

③ 唐圭璋编撰,王仲闻参订,孔凡礼补辑:《全宋词》,中华书局 1999 年版,第 4398 页。

④ 唐圭璋编撰,王仲闻参订,孔凡礼补辑:《全宋词》,中华书局 1999 年版,第 926 页。

⑤ (宋)洪兴祖撰,白化文等点校:《楚辞补注》,中华书局 1983 年版,第 6、12 页。

相下女之可诒"①。作者不断地上下求索，为尽快飞上天庭而选择日夜腾飞，紧急迫切的情绪跃然纸上。屈原之所以对时间如此焦虑和恐惧，是因为屈原期望在有限的生命中实现理想和抱负，实现自我生命认同以及提高人生价值。在《远游》中，作者希望摆脱污浊的现实境遇和暗黑的氛围，远离奸佞的小人，排解胸中的苦闷和愤懑，从而拥有与世无争的生活。面对有限生命的无力，作者去追寻长生久视；面对苦闷的现实，作者向往去天上找到一个自由欢乐的神仙世界。主人公发现身体虽然飞升，仍然不能真正脱离世俗的苦闷，而庄子的"逍遥游"则可以解决这一难题，即通过达到精神绝对自由的境界，实现真正心灵和精神上的逍遥自在。道家追求的不但是超脱万物的精神之"游"，更是心之"游"，"体现一种无任何负累的、逍遥自在的精神境界"②。不同于神仙家仅满足肉体和灵魂的飞升，庄子追求纯粹自由的精神境界，更具有生命无限超越的魅力。在面对生命有限之时，古人借"远游"的方式探求生命超越的自由和无限畅快，获得更加永恒的生命意识和生命意义。

远游文学在追求生命永恒无限的意义之时，看似脱离了现实，实则在"远游"的过程中，一直在寻觅心灵或精神的安顿之所，可以称之为"生命真性"。"生命真性"即生命真实，是对生命本真的探索，对生命安顿的思考。有不少文人画家偏好描绘荒寒之境，其中最具有代表性的是元代的倪云林，他的绘画是对客观存在事物的真实反映，在他的画作中，经常出现的意象有枯树、远山、幽竹等，借此展现清寒冷寂、萧疏孤寂的意境。同时，画作也展现了他的鲜明个性和内心情感，这主要得力于他在创作中不局限于有限的物象，而是强调心灵在天地之间自由驰骋、达到物我合一的境界。从画作清寒冷寂、萧疏孤寂的意境中可以感

---

① （宋）洪兴祖撰，白化文等点校：《楚辞补注》，中华书局 1983 年版，第 27、30-31 页。

② 崔大华：《庄学研究——中国哲学一个观念渊源的历史考察》，人民出版社 1992 年版，第 481 页。

受他的淡然、直率、游于天地的情怀，感受他物我合一、天地一体的心境。虽然倪云林的绘画作品带有明显的清寒冷寂、萧疏孤寂的特点，但他并不是一味追求萧寒、孤寂、寒冷、凄凉之感，而是利用萧疏孤寂反衬生命的活力。宗白华曾说："至于山水画如倪云林一丘一壑，简之又简，譬如为道，损之又损，所得着的是一片空明中金刚不灭的精粹，它表现着无限的寂静，也同时表示着的是自然最深最后的结构。"①宗先生可谓一语中的。在绘画过程中"远游"到荒寒之境，面对的是一个孤寒凄冷的世界，一个没有被污染远离世俗的纯净世界。在这样的环境中，画家们的灵魂和生命可以得到升华和净化，感受生命本真，使生命和心灵获得栖居之所。

"远游"主题带有丰富且多层次的生命意识，蕴含着对有限生命的思考和表达、对无限生命意义的追求以及对生命最终的安顿之所——"生命真性"的探寻。

三、"远游"主题的生命意蕴

先秦是中国古代远游文艺创作的萌芽阶段，"远游"在这个时期被作为主题逐渐确立下来，为后世以"远游"为主题的文艺创作奠定了基础。经汉魏、唐宋、明清时期的发展，"远游"主题在文艺创作领域得到极其丰富的呈现，出现了许多以"远游"主题作为精神内核、以各种文艺创作形式为载体、通过叙述"远游"行为来抒发创作者情感和生命精神的文艺作品。

唐宋时期，各种类型的文艺创作都进入高峰期，以"远游"为主题的创作也不例外，得到了最大程度的表现。唐宋时期国力强盛、经济发达、思想开放，这样的社会环境有利于文人士大夫豪迈性格和宽广心胸的形成，生活和精神呈现出自由的状态。呈现在创作中，便是大量远游诗词的创作。这些作品，大多表现出对生命的感悟和对人生境遇的感

---

① 宗白华：《宗白华全集》第2卷，安徽教育出版社1994年版，第44页。

慨，试图以有限的生命去探求无限的自由，如李白在《庐山谣寄卢侍御虚舟》中写道："五岳寻仙不辞远，一生好入名山游。"①作者坦言自己不畏道路险阻攀登五岳以寻仙道，一生就喜欢游览名山。可见，远游不仅仅是赏游自然，还可以通过追寻道教仙家的足迹，换得超脱现实世俗的精神自由。

在"远游"的过程中，文人对于宇宙奥秘和生命真谛产生了深刻的感悟，具体表现为对生命空间的探寻、对个人生命的思考和对精神世界的探寻。

首先是对生命空间的探寻。中国古典生命美学对空间的强调，实则包含天、地、人三者在内，追求圆融统一、天人相合的精神空间。古人追求时间上的悠长和空间上的深远，希望在天地人的圆融统一中，悠然于天地之间，实现在无限空间中的生命意义，表达人们对空间的感悟，并在其中发现生命意蕴。在唐宋的诗词中，远游者所描绘的空间大多是宽广开阔的，这实则是远游者们心境的一种体现——空旷抑或荒凉的心境、宽广的胸怀、豁达的态度。在远游的过程中总会出现山水的阻隔，南宋洪适《江城子(赠举之)》写道："极层楼。望丹丘。只恐溪山，千里碍凝眸。"②词人登高望远，担心绵延的山河挡住了自己的视线。物理空间的阻隔，同时也阻碍了作者无限畅游的思绪。这样的阻碍令诗人们联想到现实生活中的艰难困苦，甚至有时候是命运般无法抵抗的阻隔。正因如此，诗人在创作时多运用"千里""万里""三千里""远影""天涯"等词汇，以表达对宽广无垠空间的偏好，以追求视觉和思绪的自由驰骋。

远游诗歌中表达的不仅仅是主人公在天地间的游目骋怀，同时也有作者体验到的生命距离和思考的生命意义。如李白因在政治仕途上

---

① (唐)李白撰，(清)王琦辑注：《李太白全集》，中华书局 2015 年版，第794 页。

② 唐圭璋编撰，王仲闻参订，孔凡礼补辑：《全宋词》，中华书局 1999 年版，第 1778-1779 页。

的失意，常年游历于名川大山之间，他的远游不仅是游自然山水，还是在天地间实现精神的自由畅游，在这个过程中思考远游的生命意蕴。李白将一生大部分时间用在隐逸漫游上，如《独坐敬亭山》云："众鸟高飞尽，孤云独去闲。相看两不厌，只有敬亭山。"①众鸟飞远，白云飘然，只有敬亭山长久地陪伴着，才会"相看两不厌"。李白将赤诚的感情无私地奉献给山水，投注于自然，而自己享受徜徉于其中的悠然自得，与山、游云相伴，呈现出与天地相融通的境界。再如《清溪行》写清溪行的感受："人行明镜中，鸟度屏风里。向晚猩猩啼，空悲远游子。"②前两句写人仿佛行走在一面明镜中，鸟好像轻飞在一扇屏风里，实则是诗人精巧地将湖面比喻成明镜，将山川比喻成屏风，以清水秀山为家。后两句讲快到傍晚时猩猩开始哀啼，徒然让远方游子倍感忧伤。再如他的名篇《望天门山》中"两岸青山相对出，孤帆一片日边来"③《早发白帝城》中"两岸猿声啼不尽，轻舟已过万重山"④等诗句，以浪漫主义的方式将自然山水人格化，将其与自我圆融统　，万物与我同而为一，自然中的万物变得理想化、个性化，成为诗人的知音和友人。诗人追求在天、地、人的圆融统一中，悠然于天地之间，实现在无限空间中的生命意义，表达人们对空间的感悟，并在其中发现生命意蕴。

其次是对个人生命的思考。对个人生命的思考主要体现在人们在远游的经历中发现，自己只不过是世间的一名"过客"，由此形成对自我身份的认同和救赎。面对生命时间和生命空间的无限深远，远游的文人

---

① （唐）李白撰，（清）王琦辑注：《李太白全集》，中华书局2015年版，第1256页。

② （唐）李白撰，（清）王琦辑注：《李太白全集》，中华书局2015年版，第534页。

③ （唐）李白撰，（清）王琦辑注：《李太白全集》，中华书局2015年版，第1167页。

④ （唐）李白撰，（清）王琦辑注：《李太白全集》，中华书局2015年版，第1193页。

们敏感地意识到自己的渺小与有限，正因如此，便会产生忧虑和落寞的情绪，由此身份意识会出现偏差。表现这一主题的"远游"诗歌，比比皆是。如在宋词中，远游的人们对生命的思考多表现为一种身份意识。首先，这种身份意识最直接的表现是创作者将自己定义为"游客"，表达生命漂泊动荡之感。如南宋赵鼎《好事近》云："羁旅转飞蓬，投老未知休息。"①陆游在《鹊桥仙》中写道："况半世、飘然羁旅。"②在诗词中经常会出现"天涯客""飘零""离人""游子"等词汇，大多表现的是主人公漂泊无根的状态，将"远游"的过程和经历视为"羁旅"，认为自己常年处在"飘荡""飘转"的状态之中。诗人们对自己成为"游客"或"过客"的身份有更加强烈的认同感，因为在广阔无垠的时空面前，对漂泊半生的游子们来说，自己不过是一个过客。主人公们在远游的过程中，困顿于对自我存在意义和生命何以可能的焦虑中，最好的方式是返还到内心深处，通过对自我生命精神和意义认同的建构，建立一个能够安放自我的精神家园，暂时忘却尘世现实中的牵绊与纷扰，以此来消解远游带来的漂泊之感，并实现对自我身份的认同。

最后是对精神家园的追寻。所谓"家园"，有两层含义：其一是指给人们提供居所的空间，其二是指精神空间。一个是真实的、客观的、具体的，另一个是虚幻的、主观的、抽象的。精神空间是无形的，但却是人精神、灵魂的居所，更是生命的栖居地。中国人具有强烈的家园意识，远游终要归家。在唐宋的诗词中，主人公不论是在外征战的将军士兵，还是独在异乡的文人政客，都深切地怀念故土家园中的亲人和田地，以及任何唤起思念之情的事物。中国人有浓厚的乡土情结，但为了理想、功名或其他目的，人们不得不远游。然而在外远游的人一旦遇到挫折，便会觉得自己好似一浮萍和世间过客，更加思念家园和故土，便

---

① 唐圭璋编撰，王仲闻参订，孔凡礼补辑：《全宋词》，中华书局 1999 年版，第 1227 页。

② 唐圭璋编撰，王仲闻参订，孔凡礼补辑：《全宋词》，中华书局 1999 年版，第 2064 页。

会不自觉地叩问心中自己家乡的方向，家园意识油然而生。唐宋时期以"远游"为主题，同时带有强烈家园意识的诗词，非常丰富。如北宋朱敦儒《水调歌头（和海盐尉范行之）》写道："记得蓬莱路，端是旧曾游。"①南宋陈德武《望远行》云："最是家山千里，远劳归梦，待说离情难觉。……不是悲花，非干病酒，有个离肠难扫。怅望江南，天际白云飞处，念我高堂人老。寸草心，朝夕怎宽怀抱。"②可见，家园意识始终和远游行为相伴随。经历远游之后才发现家园愈行愈远，更期待回归家园。唐宋的文人士大夫在探寻精神家园的过程中，精神总是要有所寄托，他们往往将其寄托在"自然"上。李白非常擅长在自然意象中找寻精神的寄托，如在《梦游天姥吟留别》中写道："天姥连天向天横，势拔五岳掩赤城。天台四万八千丈，对此欲倒东南倾。我欲因之梦吴越，一夜飞度镜湖月。湖月照我影，送我至剡溪。"③李白极度刻画天姥山的高峻和险峭，他并没有将博大的意象当作与主体相对立的存在，而是将主体与自然意象融为一体。王维的山水田园诗蕴涵着他对自然的皈依，"独坐幽篁里，弹琴复长啸。深林人不知，明月来相照"④，他借山水田园意象表达其回避现世的烦恼，回归内心的平静。可见，远游的最终归宿是对精神家园的皈依，而自然山水是重要的精神家园。

　　总之，从生命美学的角度来看，远游者所追求的不仅是对个人生命的思考，更是对精神世界和生命空间的探寻。在中国生命美学的视角中，"远游"这一主题被赋予了新的生机与艺术意义。

---

　　① 唐圭璋编撰，王仲闻参订，孔凡礼补辑：《全宋词》，中华书局 1999 年版，第 1079 页。

　　② 唐圭璋编撰，王仲闻参订，孔凡礼补辑：《全宋词》，中华书局 1999 年版，第 4376 页。

　　③ （唐）李白撰，（清）王琦辑注：《李太白全集》，中华书局 2015 年版，第 826-827 页。

　　④ （唐）王维撰，陈铁民校注：《王维集校注》，中华书局 1997 年版，第 424 页。

第二节 "远游"主题与儒道思想
——以《远游》和《离骚》为例

《楚辞》中的《远游》和《离骚》两篇，开远游文学之先河。此类作品由屈原启其端，后被汉代人所模仿，形成了自先秦以来的远游文学。魏晋以来的游仙文学，也深受远游文学的影响。以"远游"为主题的作品有其独特的魅力，主要表现为恢弘绚烂的想象力和畅游天地的自由感。《远游》和《离骚》是远游文学的开山之作，具有很强的代表性。《远游》中出现了一些道家命题，带有借鉴道家思想的痕迹，该篇赋予"游"以道家出世的内涵，以期达到绝对精神的畅游；《离骚》描绘的是屈原在发现生命有限时的苦闷，后又积极探索解决之法。此二篇呈现出两种不同的人生态度：一种是道家人生观，强调人在宇宙中的绝对精神自由，表现为轻松自在的畅快遨游；另一种是儒家人生观，即关注人的社会存在和价值，积极入世。《远游》主要体现的是儒家人生观，《离骚》除了体现儒家人生观，与道家旨趣也有相契之处。①

一、《远游》篇

(一)《远游》中的道家言

《远游》的作者存在争议，东汉王逸以来，《远游》被认定为屈原的作品，但近代以来不断有学者质疑。刘永济认为《远游》非屈原作品的理由，正是该篇与道家相近。②《远游》的一些用词与老庄相近，如"无为"，见于"澹无为而自得""无为之先""超无为以至清兮"；如"虚静"，

---

① 梁启超、刘师培、小柳司气太等学者，都较早注意到屈原或《楚辞》与道家思想的关联。较综合的研究可参见金健民：《屈原之〈远游〉与道家思想》，《中国楚辞学》第 1 辑，学苑出版社 2002 年版，第 126-134 页；张松辉：《道家对先秦楚辞的影响》，《船山学刊》2003 年第 2 期。
② 刘永济：《屈赋通笺·笺屈余义》，中华书局 2007 年版，第 224-225 页。

见于"漠虚静以恬愉兮""虚以待之兮";如"道",见于"道可受兮,不可传;其小无内兮,其大无垠;无滑而魂兮,彼将自然;壹气孔神兮,于中夜存";如"气",见于"餐六气而饮沆瀣兮,漱正阳而含朝霞""保神明之清澄兮,精气入而粗秽除""内惟省以操端兮,求正气之所由""一气孔神兮,于中夜存";如"得一",见于"奇傅说之托辰星兮,羡韩众之得一";如"泰初",见于"与泰初而为邻";如"营魄",见于"载营魄而登霞兮"。①《远游》不仅用语与老庄相近,同时也表现出一定的老庄思想。

《老子》至少有三十多章直接或者间接讲到了"无为"的思想,无为而为是《老子》哲学思想的重要方面。《老子》"无为"的观点原本是为治道服务的。"无为"的思想可以归纳为两方面的含义:首先,统治者的"无为"是减少对百姓的干扰和制约,百姓从而有足够的自由发展空间,在权利合理的控制范围内能够让百姓达到真正的自由;其次,统治者做到"无为"也是给百姓起到模范带头作用,让百姓保持无为而为、无欲好静的本真面目。在《老子》第五十七章明确提出"无为"的观点:"故圣人云:'我无为而民自化,我好静而民自正,我无事而民自富,我无欲而民自朴。'"②三十七章指出"道常无为而无不为"③,所谓"无为"包含着少作为、不妄为,强调顺乎自然,不刻意而为,"无为"是为了更好地有为。《远游》中的"无为",并不是要逃离朝廷无所作为,而是要有所为,"无为之先"为的是有所作为;"澹无为而自得"即以"无为"而"得",得其真,得其道。《远游》的"无为"同样强调无为而为。

① (宋)洪兴祖撰,白化文点校:《楚辞补注》,中华书局1983年版,第164、166、167、168、175页。

② (魏)王弼注,楼烈宇校释:《老子道德经注校释》,中华书局2008年版,第150页。

③ (魏)王弼注,楼烈宇校释:《老子道德经注校释》,中华书局2008年版,第90页。

《老子》第十六章提出"虚静","致虚极，守静笃。万物并作，吾以观复。夫物芸芸，各复归其根。归根曰静，静谓复命。"①所谓"虚静"，虚不是空无一物，静不是静如死水，达到虚静的状态要做的是关闭感官，过滤掉不必要的干扰，通过消除杂念达到内心最平静的状态。因此，"虚静"是老子所强调的一种理想的境界，要求努力地守住内心纯粹的静，去面对自然的真实。后来《庄子》亦提出借"心斋"和"坐忘"的修养方式，力求达到内心清虚的状态，以实现"道通为一"的结果，如此方能自由自在地漫游于"道"的无边无际中，进入道境，进入"无"的境界中去毫无拘束地畅游。在《远游》中，作者面对污浊的现实境遇和暗黑的氛围，胸中有苦闷和愤懑。"漠虚静以恬愉兮"，通过保持清虚宁静，才能获得愉悦。

《远游》实际上是一篇期望最终求得道境的作品，它关于宇宙本体和宇宙生成的观点明显受到道家思想的影响，即对"道"和"气"的借鉴和运用。首先，《远游》与老庄的思想如出一辙，认为只有"道"才是万有的本体，"道"有抽象和具体、本体和现象的分别，并且有只可意会不可言传和不灭恒常的特点。《远游》借王子乔之口说："道可受兮，不可传。"与老子所言"道可道，非常道"②息息相通，与《庄子·大宗师》的"（道）可传而不可受，可得而不可见"③更是高度一致。其次，"因气变而遂曾举兮"④，《远游》的主人公想要凭借元气的变化层层高飞。道是世间万有的本体，世间万有又是由道而生，万有又是由气构成的，在《老子》第四十二章中便有这样的阐述："道生一，一生二，二生三，三

---

① （魏）王弼注，楼烈宇校释：《老子道德经注校释》，中华书局2008年版，第35页。

② （魏）王弼注，楼烈宇校释：《老子道德经注校释》，中华书局2008年版，第1页。

③ （晋）郭象注，（唐）成玄英疏，曹础基、黄兰发点校：《庄子注疏》，中华书局2011年版，第136页。

④ （宋）洪兴祖撰，白化文点校：《楚辞补注》，中华书局1983年版，第165页。

生万物，万物负阴而抱阳，冲气以为和。"①万物原本是混沌未分的，道体分为阴阳两极，从而孕育万物。宇宙中的气此消彼长，万物万有都处在运动变化之中，展现出旺盛的生命力。《远游》的主人公希望通过天地四时之气的不断变化，去实现层层高飞的愿望。可见，在《远游》中多次出现的"道""元气""精气"，表明道家对宇宙本原和宇宙生成的思考深刻影响了作者的思想和创作。

（二）庄子之"游"与《远游》之"游"

"悲时俗之迫阨兮，愿轻举而远游"②，《远游》起始便揭示了其核心宗旨。主人公希望通过远游的方式来躲避现实的迫害。不同于《涉江》《离骚》采用以死明志的方式出世，《远游》采用"游"的方式以达到出世的目的，如"形穆穆以浸远兮，离人群而遁逸。因气变而遂曾举兮，忽神奔而鬼怪。时仿佛以遥见兮，精皎皎以往来。绝氛埃而淑尤兮，终不反其故都。免众患而不惧兮，世莫知其所如"③，希望让精神摆脱肉体的束缚，自由地遨游于天地之间，远离世俗的纷争，避免和宵小缠斗，以不羁的精神面对现实的不公，荡尽胸中不平之气，真正地达到无牵无挂、无灾无害、无为无争，进而自由自在。《远游》中的"游"与道家尤其是庄子"游"的思想气息相通。

庄子之"游"是"心游"，为的是实现精神的自由，而这种精神自由需要通过体道的方式来实现。道的特点是无名无形、无边无界，要想对道有所体悟，就需要返回到混沌原始的太初状态当中去。在"无待"无拘无束的状态中，才能够实现绝对的精神自由。而根据《庄子》一书的说法，能够实现体道和精神绝对自由的最好方式是"心斋"和"坐忘"。

---

① （魏）王弼注，楼烈宇校释：《老子道德经注校释》，中华书局 2008 年版，第 117 页。

② （宋）洪兴祖撰，白化文点校：《楚辞补注》，中华书局 1983 年版，第 163 页。

③ （宋）洪兴祖撰，白化文点校：《楚辞补注》，中华书局 1983 年版，第 163 页。

所谓"心斋",见于《庄子·人间世》：

> 颜回曰："吾无以进矣,敢问其方。"仲尼曰："斋,吾将语若!
> 有心而为之,其易邪?易之者,皞天不宜。"颜回曰："回之家贫,
> 唯不饮酒不茹荤者数月矣。如此,则可以为斋乎?"曰："是祭祀之
> 斋非心斋也。"回曰："敢问心斋。"仲尼曰："若一志,无听之以耳
> 而听之以心,无听之以心而听之以气!听止于耳,心止于符。气也
> 者,虚而待物者也。唯道集虚。虚者,心斋也。"①

庄子借孔子和颜回之间一问一答的方式,引出"心斋"的观点。颜回
将"斋"理解为祭祀里面的斋戒,即不饮酒,不吃荤腥,远离居所。但庄
子借孔子之口指出：所谓的"斋"是"心斋",即保持心志专一,对于外界
的声音,不用耳朵去听,而是用心去听、用气去感受。气"虚"而能容纳
外界事物,保持内心清虚的状态,道自然集于胸,便是"心斋"。

关于"坐忘",《庄子·大宗师》载：

> 颜回曰："回益矣。"仲尼曰："何谓也?"曰："回忘仁义矣。"曰：
> "可矣,犹未也。"他日复见,曰："回益矣。"曰："何谓也。"曰："回
> 忘礼乐矣。"曰："可矣,犹未也。"他日复见,曰："回益矣。"曰：
> "何谓也?"曰："回坐忘矣。"仲尼蹴然曰："何为坐忘?"颜回曰："堕
> 肢体,黜聪明,离形去知,同于大通,此谓坐忘。"仲尼曰："同则无
> 好也,化则无常也。而果其贤乎!丘也请从而后也。"②

庄子同样借孔子和颜回对话的方式,引出"坐忘"的观点。"坐忘"

---

① (晋)郭象注,(唐)成玄英疏,曹础基、黄兰发点校：《庄子注疏》,中华
书局2011年版,第79-81页。

② (晋)郭象注,(唐)成玄英疏,曹础基、黄兰发点校：《庄子注疏》,中华
书局2011年版,第155-156页。

不是一蹴而就的过程，而是一个逐渐摆脱限制的修养的过程。只有不在意自己的身体，不卖弄自己的聪明，摆脱智巧的束缚，达到与道圆融统一的境界，才是"坐忘"。"同于大道"强调万物同一，没有偏私，没有差别和分界。

可见，不论是"心斋"还是"坐忘"，最终都是通过"虚静"的方式达到"道通为一"的结果，使得心臻于一种虚空的状态，才可以自由自在地漫游于"道"的无边无际之中，进入道境，进入"无"的境界中去，进而达到精神的体道，从而能够摆脱世俗的束缚，实现自由无束的精神畅游。

庄子之游最终要达到精神绝对自由的境界，即"道"的境界。《庄子·德充符》提到，孔子和常季聊到鲁国一个断脚之人叫王骀，虽然是断脚之人，但是他处于无所待的境界而不受万物变迁的影响，"审乎无假而不与物迁"①。之所以如此，是因为他"游心乎德之和"②，即他只求心灵游于德的和谐之境中，"道"是万有的本源，"德"从"道"生，因此游于德便是游于道。可见，消除世间万有的差别，消除束缚与限制，甚至将自我放置于与万有的无差别当中，保持"无"的状态，才能进入圆融统一的"道"的境界之中。

《远游》中的"游"也强调"虚静"，并且《远游》之"游"有明显向庄子借鉴的痕迹。如："内惟省以端操兮，求正气之所由。漠虚静以恬愉兮，澹无为而自得。……与化去而不见兮，名声著而日延。"③其中"虚静""无为""化"都明显受到庄子的影响，《远游》的主人公亦强调实现内心的虚静空寂便可达到精神的体道，从而能够摆脱世俗的束缚，远离

---

① （晋）郭象注，（唐）成玄英疏，曹础基、黄兰发点校：《庄子注疏》，中华书局 2011 年版，第 104 页。
② （晋）郭象注，（唐）成玄英疏，曹础基、黄兰发点校：《庄子注疏》，中华书局 2011 年版，第 105 页。
③ （宋）洪兴祖撰，白化文点校：《楚辞补注》，中华书局 1983 年版，第 164 页。

世俗的祸害，实现精神的畅游。《远游》借王子乔说出："道可受兮，不可传；其小无内兮，其大无垠；无滑而魂兮，彼将自然；壹气孔神兮，于中夜存；虚以待之兮，无为之先；庶类以成兮，此德之门。"①作者认为，只要保证精神的清明平静，并且保持虚空的状态，精神便会自然地存在于身体当中，道可现，游可行。《远游》借保持"虚静"来达到自由畅游的状态，很可能是受到庄子"游心"说的启发。

《远游》的作者不仅受到老庄"虚静"思想的影响，以达到自由无束的状态，还受到庄子后学"致静"修养方式的影响。《庄子》中《外篇》《杂篇》所体现的庄子后学思想，表明他们强调修身的精髓在于维持心灵的平静、集中精神、追求宁静与无为的生活态度，这样方能顺应自然规律，从而实现生命的长久。如《庄子·天道》云："静则无为……无为则俞俞，俞俞者，忧患不能处，年寿长矣。"《庄子·在宥》云："必静必清，无劳女形，无摇女精，乃可以长生。"②强调的不外乎是处静的养生之道，保持寂静的心理状态，《远游》的主人公正是将养生之术作为自己的修身术之一。在《远游》的篇末，主人公在四方游历之后，进而达到道境，这与庄子后学所强调的"道"有异曲同工之妙。"上至列缺兮，降望大壑。下峥嵘而无地兮，上寥廓而无天。视倏忽而无见兮，听惝恍而无闻。超无为以至清兮，与泰初而为邻。"③主人公在经历天地四方的游历之后，进入了一种无天无地、无视无闻、超无至清、天地未分的"泰初"境界。王逸在《楚辞章句》中将"与泰初而为邻"解释为"与道并也"④，言简意赅地将"泰初"之境和"道"境相提并论。《庄子·天地》

---

① （宋）洪兴祖撰，白化文点校：《楚辞补注》，中华书局 1983 年版，第 167 页。

② （晋）郭象注，（唐）成玄英疏，曹础基、黄兰发点校：《庄子注疏》，中华书局 2011 年版，第 248、208 页。

③ （宋）洪兴祖撰，白化文点校：《楚辞补注》，中华书局 1983 年版，第 174-175 页。

④ （汉）王逸撰，黄灵庚点校：《楚辞章句》，上海古籍出版社 2017 年版，第 163 页。

云："泰初有无，无有无名。"①其中，泰初亦为"太初"，即宇宙原本是"无"，没有"有"，也没有名称，道呈现混一的状态，万物得到道而生。因此，道家认为努力地守住内心纯粹的静，去面对自然的真实，保持清虚宁静，胸中自有愉悦。同时，保持处静的治身和修养方式，最终会进入无天无地、无视无闻的"太初"境界。可见，老庄及其后学的出世思想在《远游》中展现得淋漓尽致。

《远游》中也有神仙家的思想。为什么《远游》既受到神仙家的思想影响，又受到道家思想的影响呢？这可从两方面加以理解：其一，早期神仙家思想与道家思想的关系非常密切。早期的神仙家以长生不老、个体实现飞升为目标，从而超脱于世俗社会，这种观念在老庄思想中也有表现，如在《老子》中就已经有"不死""长生久视"这样的说法，《庄子·逍遥游》也推崇"肌肤若冰雪，绰约若处子，不食五谷，吸风饮露，乘云气，御飞龙，而游乎四海之外。其神凝，使物不疵疠而年谷熟"的"神人"②，庄子不仅渴望追求精神的绝对自由，同时也希望借游仙表达对远游的憧憬。其二，《远游》的主人公发现身体虽然飞升，但仍然不能真正脱离世俗的苦闷，而道家通过达到精神绝对自由的境界，便能够实现真正心灵和精神上的逍遥自在。虽然早期神仙家和道家有一定的交集，但与神仙家不同，道家追求的是超脱万物的抽象层面的精神之"游"，更是心之"游"。

庄子之"游"是一种纯粹的精神方面的大道之游，亦是精神领域超越现实的想象之游。《远游》之游是如何比附庄子之"游"的呢？又是如何将"游"之出世内涵渗透给"远游"的呢？庄子在《逍遥游》一篇中，提出"有待逍遥"和"无待逍遥"两种观点。庄子强调通过"心斋""坐忘"的方式，以达到内心的虚空，进而达到精神的体道，从而能够摆脱世俗的

---

① （晋）郭象注，（唐）成玄英疏，曹础基、黄兰发点校：《庄子注疏》，中华书局2011年版，第230页。

② （晋）郭象注，（唐）成玄英疏，曹础基、黄兰发点校：《庄子注疏》，中华书局2011年版，第15-16页。

束缚，实现精神自由无束的畅游，这是庄子所畅想并希望能够实现的最
理想的"游"的状态，也是庄子所强调的难以达到的"无待逍遥"的状态，
"若夫乘天地之正而御六气之辩，以游无穷者，彼且恶乎待哉？"①能顺
应自然的规律，把握六气的变化，游至无穷的境遇，还有什么好依待的
呢？庄子推崇和向往的"无待"之游，纯粹精神的无限之游，又难以达
到。实则困于现实情况，要想"游"，一定要有所凭借，如"若然者，乘
云气，骑日月，而游乎四海之外，死生无变于己，而况利害之端乎"
(《庄子·齐物论》)②。"至人"或者"神人"凭借云气、日月等媒介，可
以游于四海内外，"有待"之游比较接近于《远游》中的仙人之游，如《远
游》中"顺凯风以从游兮，至南巢而壹息"③。跟随和畅的南风出游，在
南方神鸟的巢穴旁边休息。"仍羽人于丹丘兮，留不死之旧乡。"④随着
飞仙升到丹丘仙境，在神仙的不死之乡停息。这些都表现出《远游》主
人公需要有所凭借，可能是借助仙人的身体，凭借风，亦凭借不死的灵
魂，远离世俗的苦难、现实的悲愤，远游到宁静的四方，向往在天上的
遨游，获得片刻的宁静。《远游》之"游"和庄子强调的"有待"之游有异
曲同工之妙。

　　庄子的游是心游，强调的是精神的绝对自由，一种无待逍遥的状
态，实则庄子所谓的"精神自由"，其中的"精神"不单单指的是主观精
神，其中还包含有客观精神的内涵，换句话讲，主观精神和客观精神之
间没有明确的界限。庄子讲述庄周梦蝶的故事以及提出"物化"的概念
便是这一点最好的说明。《庄子·齐物论》云："昔者庄周梦为胡蝶，栩

---

　　① (晋)郭象注，(唐)成玄英疏，曹础基、黄兰发点校：《庄子注疏》，中华
书局2011年版，第11页。
　　② (晋)郭象注，(唐)成玄英疏，曹础基、黄兰发点校：《庄子注疏》，中华
书局2011年版，第52页。
　　③ (宋)洪兴祖撰，白化文点校：《楚辞补注》，中华书局1983年版，第166
页。
　　④ (宋)洪兴祖撰，白化文点校：《楚辞补注》，中华书局1983年版，第167
页。

栩然胡蝶也，自喻适志与！不知周也。俄然觉，则蘧蘧然周也。不知周之梦为胡蝶与，胡蝶之梦为周与？周与胡蝶，则必有分矣。此之谓'物化'。"①不知道是庄周做梦变成了蝴蝶还是蝴蝶做梦变成庄周？两个疑问合在一起，可以看出庄子想要表达的哲学思想，庄周和蝴蝶是两个平等的主体，在梦中可以相互转换，也就是在世界多样性的背后，万物又具有统一性。所谓"物化"即万物相互转化，又是物性的转化。表面的差异背后，万物统一于一，万物是一的化身，万物只是一物。在庄子看来，不仅在梦境中才会发生转化，现实生活中的事物也在发生转化，比如《庄子·至乐》篇，就记录了万物真实的物化，只是因为在现实中物化的过程非常的漫长，人身处其中，很难见到现实中的物化。可见，不管是现实还是梦境的物化都是以万物背后统一的物性作为基底，进行转化而形成万有，这便是精神客观内涵的阐述。

综上，庄子强调精神的绝对自由之游，《远游》主人公期望通过达到精神绝对自由的境界，实现真正心灵和精神上的逍遥自在，最终进入"道境"。庄子之游和《远游》之游本质的相同之处在于：一是《远游》之"游"和庄子强调的"有待"之游有异曲同工之妙；二是庄子所强调的精神的绝对自由不仅仅含有主观的因素，更带有客观的内涵。

二、《离骚》篇

《离骚》展现了作者截然不同的生活态度：一方面，他渴望积极参与社会，实现个人价值；另一方面，他又选择隐退，远离世俗纷扰，以追求内心的宁静。这种矛盾也展现出战国时期人们对人生的两种思考：一种是重视人在社会中的存在以及人的社会价值，明显是儒家的人生态度，以期通过积极求索的方式立德、立功、立言，实现人在现实社会中的价值；另一种是以庄子为代表的道家的人生态度，重视个体在宇宙中

---

① （晋）郭象注，（唐）成玄英疏，曹础基、黄兰发点校：《庄子注疏》，中华书局2011年版，第61页。

的生命价值，这种生命价值体现为人精神的绝对自由，摆脱现实社会，臻于心灵和精神上真正的逍遥自在。屈原通过"远游"展现了不同的人生态度，分别与儒家和道家观念气息相通①。

（一）积极求索以实现政治理想

在《离骚》中，屈原通过"远游"以"上征求女"，不仅仅是为了求一女子，而是为了追求他的政治理想。屈原"上征求女"实则象征着积极求索以期实现政治理想，是他实现人生价值的寄托，是一次非比寻常的远游。诗人有极强的紧迫感和使命感，还有强烈的进取精神和执着的追求，呈现在诗歌创作的形式上，便是"吾命""吾令"命令式诗句出现②，如"吾令羲和弭节兮，望崦嵫而勿迫。……吾令凤鸟飞腾兮，继之以日夜。……吾令帝阍开关兮，倚阊阖而望予""吾令丰隆乘云兮，求宓妃之所在。……解佩纕以结言兮，吾令蹇修以为理""吾令鸩为媒兮，鸩告余以不好"等③。诗人命令凤鸟翱翔于九天，日夜不得休息；命令神明，游于四海八荒，最终的目的是实现其远大的政治理想。这些都极度突显了屈原积极求索的精神和一往无前的人生态度。在"上征求女"的过程中，主人公的心情会随着事态的发展而发生变化，形成了诗人具有多层次特征的心态，既有远游受阻的崩溃，又有上天入地肆意的畅快和喜悦。所有的情绪和心态的变化，都紧紧围绕着政治理想和人生价值能否被实现展开。

值得注意的是，诗人在求索遭遇挫折时，会有满腔的愤懑，会对混沌、险恶和腐朽的现世进行抨击和批判。因政治理想和人生价值难以实

---

① 关于屈原的这两种人生态度，赵沛霖已有讨论，见氏撰《两种人生观的抉择——关于〈离骚〉的中心主题和屈原精神》，《北京大学学报》（哲学社会科学版）2008 年第 3 期。

② 赵沛霖：《两种人生观的抉择——关于〈离骚〉的中心主题和屈原精神》，《北京大学学报》（哲学社会科学版）2008 年第 3 期。

③ （宋）洪兴祖撰，白化文点校：《楚辞补注》，中华书局 1983 年版，第 29、31、33 页。

现，屈原不由发出感叹："已矣哉，国无人莫知我兮，又何怀乎故都?"①屈原深刻地认识到，正是朝廷以及朝中贵族的腐朽，导致"美政"破灭。虽然过程艰辛且屡次失败，但屈原并没有失望，也没有忘怀现世，即使"上征"天国，心仍然在现世之中。

屈原"上征求女"的过程中所呈现出来的积极求索的精神和一往无前的人生态度，具有积极入世的倾向。通过"远游"的方式"上征求女"，积极求索以实现政治理想和人生价值，是儒家人生态度在远游文学中的艺术写照。

(二)道家人生态度的呈现

"远逝自疏"更多表现为逃避现世、放弃理想，实现超现实、超功利，以期获得精神解脱，明显带有道家人生态度的特点。

首先，从目标上来看，与"上征求女"相比较最大的区别在于"远逝自疏"是远离尘嚣，随心所欲，无拘无束地漫游，不求政治抱负，不问人生价值，仅享受悠然自得。启程之前灵氛替屈原卜卦，屈原提出："和调度以自娱兮，聊浮游以求女。"②乍看之下，"远逝自疏"与"上征求女"似乎都蕴含着某种追求。深入品鉴，实则不然。屈原勾勒了驾驭龙车的飞翔场景，展现了其中轻松自如的漫游态度。相较之下，显然没有"上征求女"时对追寻理想的目标或实现人生价值的专注。钱澄之有言："浮游求女，随其所遇，不似向者之汲汲于所求也。向者志在求女，而浮游皆属有心；此则志在浮游，而求女听诸无意。及年之未晏，饰之方壮，犹可以周流上下，盖欲从灵氛远逝之占也。"又云："从前之游，上下求索；此直周流观乎上下，无所复求，志在远逝以自疏而已。……《传》称'王疏屈平'，然平终未忍疏王，以此益不见容于党人。

① (宋)洪兴祖撰，白化文点校:《楚辞补注》，中华书局1983年版，第47页。

② (宋)洪兴祖撰，白化文点校:《楚辞补注》，中华书局1983年版，第42页。

盖至是始决志于远逝以自疏，不复向之眷恋。其词激，其情愈苦矣。"①
灵氛的卦象显示的是祥瑞之兆，虽然诗人产生过"求女"的念头，但是
并未采取行动，而是开展了一次没有目标的漫游。屈原"上征求女"的
过程中呈现出来的积极求索的精神和一往无前的人生态度，所带来的紧
迫感和挫败感，以及所产生的复杂情绪，在"远逝"的过程中，都不复
存在。即便遇到困难，"路修远以多艰"②，与"求女"过程中的失败和
挫折并不能等量齐观。

其次，从心态上来看，相较于"上征求女"将人生价值的实现寄托
在政治理想实现的基础上，"远逝自疏"则反映出屈原完全忘怀尘世，
对现世没有太多的牵挂，表现出明显的道家出世的人生态度。屈原"求
女"失败之后，有满腔的愤懑，并对混沌、险恶和腐朽的现世进行抨击
和批判，表明他还没有办法做到真正脱离现世。而"远逝自疏"的过程
中，屈原不再执着于政治理想的实现，不再有现实的羁绊，而是"奏
《九歌》而舞《韶》兮，聊假日以媮乐"③。对破坏和阻碍他实现"美政"
理想的朝中贵族势力，屈原不再对他们进行激烈的抨击和批判。屈原原
本对朝廷的前途和命运非常的关注，此时则将其置之度外，无奈之下选
择放弃。自身的成败得失和实现自我生命价值，都变得没那么重要。屈
原如此慨叹："吾将远逝以自疏。"④从前后变化的目标和前后心态的变
化上来看，正是因为"远逝自疏"相较于"上征求女"没有政治理想目标、
现实的牵挂、人生价值方面的期许，所以也就不会因失败和挫折而失望
苦楚。如此的转变呈现在诗歌形式上，便是肆意遨游又畅快自在。"为

---

① （清）钱澄之撰，殷呈祥校点：《庄屈合诂》，黄山书社 2014 年版，第 179-
180 页。

② （宋）洪兴祖撰，白化文点校：《楚辞补注》，中华书局 1983 年版，第 45
页。

③ （宋）洪兴祖撰，白化文点校：《楚辞补注》，中华书局 1983 年版，第 46
页。

④ （宋）洪兴祖撰，白化文点校：《楚辞补注》，中华书局 1983 年版，第 43
页。

余驾飞龙兮，杂瑶象以为车""麾蛟龙使梁津兮，诏西皇使涉予"①，一改之前常用的"吾命""吾令"开头的诗句所带来的紧张感和压迫感，更多表现为肆意自在、自适从容，这与当时从容自在和轻松愉快的心境有很大关系。所谓"自疏"即自我疏离，"远逝自疏"即疏远君主，逃离现世，与现实的黑暗、险恶、腐朽、不公和矛盾疏离，不再关注是否实现人生价值和政治理想，不再操心国家的生死存亡，进而达到一种身体和精神都绝对自由的境界，亦是道家向往的精神世界。

《庄子·逍遥游》曰："夫列子御风而行，泠然善也，旬有五日而后反。彼于致福者，未数数然也。此虽免乎行，犹有所待者也。若夫乘天地之正而御六气之辩，以游无穷者，彼且恶乎待哉！故曰：至人无己，神人无功，圣人无名。"②前文在分析《远游》篇时，便指出庄子将"逍遥游"分为"有待逍遥"和"无待逍遥"两种。"列子"只能"御风而行"，是"有待逍遥"的典型代表；至人、神人和圣人做到"无己、无功、无名"，才能够达到真正的"无待逍遥"。庄子推崇和向往的"无待"之游，纯粹精神的无限之游，是达到了一种纯粹精神自由的理想人生状态。"就要不凭借任何外在的依托，包括虚名、包括功业、包括为己的私心，这样才能使自己的精神超越世俗的一切乃至超越自我，感受到个体生命存在的自由和轻松。"③

屈原在"远逝自疏"中不再执着个人在社会中的价值实现，摆脱现实的腐朽黑暗，超脱功名利禄，由此获得身体和精神双重自由，与上述庄子所追求的人生境界在精神和思想实质上基本一致。《庄子》一书在提到"无待"时，无不处于飞行状态，或乘风，或乘龙凤，或骑日月，哪怕是列子御风而行也是飞行。至人乘云气，骑日月；神人居住在姑射

---

① （宋）洪兴祖撰，白化文点校：《楚辞补注》，中华书局 1983 年版，第 42、45 页。

② （晋）郭象注，（唐）成玄英疏，曹础基、黄兰发点校：《庄子注疏》，中华书局 2011 年版，第 10-12 页。

③ 葛兆光：《中国思想史》第 1 卷，复旦大学出版社 2001 年版，第 169 页。

山上，乘云气，御飞龙，而游于四海之外。均表现出了"无待"的超脱性和追求身心的绝对自由。腾云驾雾、乘龙驾凤、骑日月等方式，和屈原在"远逝自疏"过程中驾驭龙车等表现高度一致。

总之，儒家和道家思想为"远游"主题提供了丰富的思想资源和表达方式，使得这一主题呈现出多元化和复杂性的特点。通过对《远游》和《离骚》的分析，我们可以更深入地理解"远游"主题的文化内涵和审美价值，以及儒道思想的碰撞与融合。

第三节　个体意识的觉醒
——魏晋游仙诗的时代意义

游仙诗是中国古代诗歌中非常重要的一种题材，它可上溯至楚辞和《庄子》，经过汉乐府的过渡，在魏晋时期达到一个高峰。[1] 魏晋时期的游仙诗大致分为三个阶段，分别是以曹氏父子为代表的建安时期，以阮籍、嵇康为代表的正始时期，以及以郭璞为代表的东晋时期。魏晋时期的游仙诗由于受到玄学的影响，作者更加关注人本然的生存状态，个体意识进一步觉醒。

钱穆在《国学概论》中指出："魏晋南朝三百年学术思想，亦可以一言蔽之，曰'个人自我之觉醒'是已。"[2]李泽厚在《美的历程》中也提到了魏晋时期人的个体意识觉醒："人的觉醒，即在怀疑和否定旧有传统标准和信仰价值的条件下，人对自己的生命，意义，命运的重新发现、思索、把握和追求。"[3]魏晋是个体意识觉醒的时代，人们开始关注自身价值并思考与生命相关的问题。这一时期，游仙诗大量出现，游仙诗描

---

[1]　相关研究可参见朱立新：《论先唐文学的游仙主题》，《上海师范大学学报》(哲学社会科学版)2010 年第 4 期；罗文卿：《唐前游仙文学研究》，山东大学博士学位论文，2011 年。

[2]　钱穆：《国学概论》，商务印书馆 2011 年版，第 144-145 页。

[3]　李泽厚：《美学三书》，天津社会科学院出版社 2003 年版，第 82 页。

写诗人幻想仙人、仙境，游于仙界、天界及各种虚幻世界，表现出对神仙长生久视和逍遥生活的羡慕和企望，并抒发个人情感，带有对个体意识觉醒的关注和思考。本节希望从魏晋时期游仙诗的发展和创作实践出发，探讨魏晋时期个体意识的觉醒及其与文学发展的关系。

一、从"神游"到"仙游"

"神"和"仙"通常连言，但二者析言之则别。"神"和"仙"的差异具体体现为：

首先，神人被分为自然神（寄托自然精华而生，神灵法术生而有之）和英雄人物神话化两种，前一种的代表人物有盘古、女娲等，后一种的代表人物是大禹、后羿等。而成为仙人的主要途径就是凡人之躯的修炼，包括修道悟德、炼丹采药、功德圆满，通过这些方式获得飞升的机会，才有可能从凡人变成仙人，仙术也主要来自于此。

其次，在面对生死之时，神人不逃避不讳言生死的问题，也不执着于长生不老；而仙人不管是隐逸还是远游，他们都希望通过得道修炼以实现超脱和自由，更将长生久视作为终极目标。

最后，在生命价值层面，神人所追求的是超凡脱俗、力所能及以及英雄主义精神；而仙人为了摆脱尘世的困苦，努力寻求欢乐超脱以及精神上的绝对自由。

可以说，"仙"是"神"不断人性化、世俗化发展的自然结果。可见，"神"和"仙"在蕴含的内涵方面虽然存在着诸多的不同，但是共同的特征是长生久视和超凡脱俗，期望获得生命的自由和永恒。

游仙诗的发展同其他文学题材一样经历了萌芽、成熟和兴盛的过程。游仙诗的发展源于楚辞和《庄子》，汉代是成熟时期，在魏晋时期达到兴盛。《远游》被认为是游仙诗的鼻祖。如姜亮夫所指出："《远游》的方法：一是前段从仙人王子乔以前、求地仙，要自己羽化而登仙，等到后来突然觉得这个想法不行，要求登仙也不对，不求登仙了。然后是第二个方法：上天游，远游四方……因而《远游》这个题目实在同于《离骚》。"①《离骚》和《远游》有关"神游"的部分可谓极为相似，但细究之下，《离骚》的主人公坚持"上征求女"、积极求索为的是实现政治理想，远游不需要任何媒介便可以开始；而《远游》中的远游，开始需要仙人作为媒介，"闻赤松之清尘兮，愿承风乎遗则"②，出现的远游媒介是仙人赤松子而非神人，表达主人公愿意追随仙人羽化登仙的诉求。"悲时俗之迫阨兮，愿轻举而远游"③中的"轻举"，表达了飞升登仙的意愿。"贵真人之休德兮，美往世之登仙"④一句，更是直接指出远游目的亦是修炼登仙。《远游》全篇明显受到道家思想的影响，其创作明显表现出由"神"向"仙"转变的倾向。⑤《离骚》中巫咸等意象的选取，明显偏向于神，开启了借神游以抒怀的先河；而《远游》中列举了一系列古仙人形象，有赤松、韩众、王乔等，诗中有与神人同游经历的描述，以及远游的途中腾云驾雾、呼风唤雨，进而达到"漠虚静以恬愉兮，澹无为而自得"⑥的神仙境界，则是开启了借仙游摆脱现实以实现精神自由的先河。所以《远游》内容有"仙化"的倾向，从《离骚》到《远游》亦有由"神"向"仙"转向的倾向。《庄子·逍遥游》一篇，也体现了以仙游为形式的远游："藐姑射之山，有神人居焉，肌肤若冰雪，绰约若处子，不食五谷，吸风饮露，乘云气，御飞龙，而游乎四海之外。其神凝，使物不疵疠而年谷熟。"⑦表达先秦时期人们借仙游表达对长生

---

① 姜亮夫：《楚辞今绎讲录》，云南人民出版社 1999 年版，第 82 页。

② （宋）洪兴祖撰，白化文点校：《楚辞补注》，中华书局 1983 年版，第 164 页。

③ （宋）洪兴祖撰，白化文点校：《楚辞补注》，中华书局 1983 年版，第 163 页。

④ （宋）洪兴祖撰，白化文点校：《楚辞补注》，中华书局 1983 年版，第 164 页。

⑤ 参见陈洪：《论〈楚辞〉的神游与游仙》，《文学遗产》2007 年第 6 期。

⑥ （宋）洪兴祖撰，白化文点校：《楚辞补注》，中华书局 1983 年版，第 164 页。

⑦ （晋）郭象注，（唐）成玄英疏，曹础基、黄兰发点校：《庄子注疏》，中华书局 2011 年版，第 15-16 页。

久视和超凡脱俗的无限憧憬。由此,楚辞和《庄子》中描绘的仙人的形象、仙游的过程、幻想畅游在仙境的经历,都成为后来游仙诗的创作源泉。

秦汉时期,神仙方术进一步得到发展。秦始皇十分信奉神仙思想。《史记·始皇本纪》中记载,秦始皇在两次全国出巡的过程中,派人入海寻找仙人,希望获得长生不老之药,后又命博士作《仙真人诗》。与秦始皇相比,汉武帝对长生久视的追求有过之而无不及,他同样派人入海寻仙人,到蓬莱寻不死之药,甚至将神仙方术之士请到宫中供奉起来,也使得当时宣扬神仙思想的社会风气愈加浓郁。司马相如《大人赋》就是在这样的社会风气下创作出来的,它描写的是"大人"即汉武帝与神仙真人在天地间神游的情形,突显出汉武帝期望与仙人相偕、长生不死的想法,带有颂仙颂圣的特点。其中虽然也有类似楚辞中神游的描写,但在神游部分出现的神话人物则是置身于神游之外的。可见,在《大人赋》中,仙人完全进入神游的过程中,神游由此变成了仙游,这与后来的游仙诗已经没有太大的差别。汉乐府诗中的一类作品如《平调曲·长歌行》等,描绘的同样是向仙人寻药的经历,这些作品并非为帝王所作,其中也少有颂仙颂圣的特征,描绘的仙境不再是虚无缥缈的,而是与现实生活一般,仙人的生活也同现实中人的生活一般,表明对仙人的羡慕并不限于帝王。

综上,先秦时期的楚辞和《庄子》,以及秦汉时期的"仙真人诗"和汉乐府诗,都为游仙诗的出现奠定了基础。从"神游"到"仙游"的转变,也使得个体意识的觉醒成为可能。

二、魏晋玄学对游仙诗中个体意识觉醒的影响

东汉中后期,战争频仍,社会长期处于混乱无序的状态中,人们深感现实的困苦和人生的短暂。从建安时期起,儒家思想遭到冲击,老庄思想的影响力不断增强。正始时期,玄学思潮形成,士人的个体意识进一步觉醒,个人价值进一步得到强调。随着人作为生命个体的意识逐渐

成为关注的重点，面对现世的苦难、束缚和无奈，人们想要追求人生的自由和永恒，游仙诗的创作便是最好的体现。游仙诗发展的第一个阶段是建安时期，主要代表诗人是曹氏父子。建安时期的游仙诗具有一定的矛盾性，具体表现在功业难酬与生命难保的两难抉择中，面对乱世，既渴望建功立业，又有对人生易逝的忧虑，因此以曹丕为代表的诗人更倾向于立足现世及时行乐，体现出诗人强烈的个体意识，即个体价值的实现。

曹操创作的游仙诗中，不乏求仙求药以延年益寿的内容，如《气出倡》的"万岁长，宜子孙。……常愿主人增年与（天）相守"①，《陌上桑》的"景未移，行数千，寿如南山不忘愆"②，诗人幻想腾云驾雾登高去泰山、蓬莱和昆仑，并与王乔、西王母等仙人共处，一起食灵芝，饮甘泉，服神药，为的是延年益寿和长生不老。曹操感慨人生不永，不是因为他不敢直面死亡，亦不像秦始皇和汉武帝那般痴迷，而是担心壮志未酬及个人价值不能及时实现，"这使得他对长寿的企向中，有了一种积极向上的寻求，从而不同于那些因贪婪富贵糜烂生活而修炼肉身者之浅薄可鄙"③。至于曹丕，他一方面写游仙诗，一方面对游仙诗中的长生久视持更加怀疑的态度，认为彭祖、老聃、王乔、赤松这些仙人的传说都未被确证，因而是不可信的。曹丕在面对人生短暂的问题时，强调及时行乐，把握现在，将短暂的生命予以充实，同样强调人生价值的实现。虚无缥缈的仙境和仙人传说，在曹丕笔下都更加趋于现实。

《文心雕龙·明诗》云："乃正始明道，诗杂仙心。"④其中的"明

---

① （明）张溥辑：《汉魏六朝百三名家集》第 1 集，江苏古籍出版社 2001 年版，第 674 页。

② （明）张溥辑：《汉魏六朝百三名家集》第 1 集，江苏古籍出版社 2001 年版，第 675 页。

③ 王钟陵：《中国中古诗歌史》，人民出版社 2005 年版，第 152 页。

④ 刘勰著，范文澜注：《文心雕龙注》，人民文学出版社 1959 年版，第 67 页。

道"，可以理解为道家思想的复兴和玄学理论的确立。建安时期并没有形成完整的神仙道教的理论体系，所以更多的是依托于道家思想尤其是庄子思想，这对游仙诗的创作产生了重要影响。曹植在真正意义上以"游仙"作为主题进行创作，为游仙诗带来了新的转机，他创作了相当数量的游仙诗。和曹操、曹丕比较起来，曹植的诗歌同样保留着对神仙之说的怀疑，向仙人求药以期长生不老为主旨的诗歌数量相对较少。不同的是，曹植原本具有崇高的政治理想，但是因为曹丕的上台，导致他在政治上一再受挫，人生受到沉重的打击，因此他将政治和人生的崇高理想，通过超现实的艺术幻想寄托在虚无缥缈的游仙中，以此得到心灵的慰藉。曹植对仙境、游仙有着不一样的理解，他期望的不仅是生命长度的无限，更期望拓宽生存空间，他向往的不仅是长生久视，更向往超凡脱俗。如在《游仙诗》中道："东观扶桑曜，西临弱水流。北极玄天渚，南翔陟丹丘。"[1]曹植在仙境中自由地翱翔，以逃避残酷的现实。曹植的游仙诗在很大程度上脱离了秦汉时期"仙真人诗"以及汉乐府诗中对长生不老的执着，更多的是追求精神的自由和心灵的遨游。可见，曹氏父子虽然承袭了秦汉时期的游仙主题，即寻求长生不老之术，但同时也对这样的生命追求持怀疑的态度，他们认识到神仙方术的虚无性。因此，曹氏父子的游仙诗逐渐偏离"求长生不死之术，令天神拥护君上以寿考也"[2]。通过以三曹为代表的建安时期游仙诗，可以发现这一时期的游仙诗表现为实现济世弘道的志愿与个人建功立业的理想，突出自觉关注个体生命的价值。

玄学在正始时期真正确立起来，受玄学的影响，对人的思考从关注人自身的价值转向人本然生存状态。正始时期是游仙诗创作的又一高峰期，主要代表人物有阮籍和嵇康，这一时期的玄学不再关注本末有无的问题，而是强调名教与自然的关系。由此，更加追求自然人生和理想人

---

[1]　(明)张溥辑:《汉魏六朝百三名家集》第 2 集，江苏古籍出版社 2001 年版，第 87 页。

[2]　(宋)郭茂倩编:《乐府诗集》，中华书局 1979 年版，第 505 页。

格。与曹植相似，嵇康创作游仙诗并不是表达对长生久视的期望，而是想要逃避现世的丑恶，将超脱自然的仙境看作躲避之所。曹植怀有政治人生理想无法实现的苦闷，带有局促感；嵇康则不同，他带有无力感和恐惧感。嵇康以"游仙"为题的诗歌仅有一首，但是以游仙为主题进行创作的诗歌数量并不少。嵇康以对名教的彻底否定而著称，强调"越名教而任自然"①，将游仙诗的创作与玄理相结合，如《游仙诗》："羽化华岳，超游清霄。云盖习习，六龙飘飘。左配椒桂，右缀兰苕。凌阳赞路，王子奉辂。婉娈名山，真人是要。齐物养生，与道逍遥。"②诗中提到的"养生"不是秦汉时期强调的身体成仙的长生不老，而是通过无为玄妙体悟的方式，达到逍遥的道境。整首诗明显带有仙境的特色和仙界的气息，诗人的最终目的是"与道逍遥"，道即玄学虚无太清之境，诗人期望在游仙的过程中建构超凡脱俗、自在逍遥的理想人格。值得注意的是，嵇康的游仙诗不同于之前的游于四海之外、九天之上，而是具有鲜明的超现实主义的色彩。嵇康描绘游于高山流水林荫之间，虽然也有遨游云端、畅游仙境的描写，但更趋于平实，同汉乐府游仙诗的世俗化有明显的区别，可见，嵇康所描绘的游仙境界是一种高洁和超凡脱俗的存在，是一种恬淡、宁静、优游自得、远离尘俗的隐逸境界，即嵇康将游仙与隐逸融而为一。同样是期望达到超凡脱俗，与道逍遥的境界，曹植深受道家思想的影响，而嵇康因为受到玄学的影响对老庄思想非常的认同，对道家思想的接受是有选择的，他并不一般地讲顺应自然、委运任化，而是以保有自己的高洁人格为前提。嵇康完美地将游仙和玄学思想融合在一起，这也是他人生悲剧的根源所在。

正始时期另一位游仙诗创作的代表人物是阮籍，他以远游为主题的诗歌创作主要集中在题名为"咏怀"的组诗中。如第二十三首，借描绘仙境来表明自己逃避现实之心。再如第三十五首写道："濯发旸谷滨，

---

① （唐）房玄龄等：《晋书》卷49，中华书局1974年版，第1369页。
② 逯钦立辑校：《先秦汉魏晋南北朝诗》，中华书局1983年版，第485页。

远游昆岳傍。登彼列仙岨，采此秋兰芳。时路乌足争，太极可翱翔。"①
诗中描绘世间的险恶而无容身之所，想摆脱凡俗名教，所以产生遨游太
极的想法。再如在《大人先生传》中用慷慨激愤的话语激烈地揭露和批
判了虚伪的名教，"汝君子之礼法，诚天下残贼、乱危、死亡之术耳，
而乃目以为美行不易之道，不亦过乎?"②认识到现世生活的险恶粗鄙使
阮籍原本的信念崩塌，变得"不与世事"，由对现实的愤世嫉俗走向对
玄学人格的崇尚。诗人创造了一个理想的混沌世界，在其中所谓"大
人"超越了现实的诸多束缚，得到了永久的自在逍遥。他"与造物同体，
天地并生，逍遥浮世，与道俱成，变化散聚，不常其形"③，超脱时空
束缚，自由自在地遨游于天地之间，期望拥有"虑周流于无外，志浩荡
而自舒"④式的理想人格。整体看来，阮籍仍然继承楚辞、曹氏父子以
及嵇康的游仙诗的创作特点，即强调飞升遨游以避世，畅游仙境为游仙
最重要的方式，以不为世俗而累的理想人格为最高追求。阮籍和嵇康游
仙诗创作的相似之处在于，他们都强调通过畅游仙界的方式以摆脱现世
的苦闷，达到精神高度自由的境界，追寻理想人格的实现；但不同则体
现在嵇康能够做到彻底用玄学反对名教，只求个体人格的精神自由，最
后不被现世所容，阮籍则是不愿意放弃人生理想，采取游仙的方式远离
现世，与世沉浮。可以说，嵇康和阮籍是玄学人生观影响下产生的两种
人格追求的表现，他们所创作游仙诗的联系与差别也因此而产生。

玄学包含对个性觉醒的理性思考。在魏晋玄学的影响下，正始时期
主要以嵇康阮籍为代表的文人名士们，逐渐偏离儒家伦理道德观对人及

① （明)张溥辑：《汉魏六朝百三名家集》第 2 集，江苏古籍出版社 2001 年
版，第 225 页。

② （明)张溥辑：《汉魏六朝百三名家集》第 2 集，江苏古籍出版社 2001 年
版，第 213 页。

③ （明)张溥辑：《汉魏六朝百三名家集》第 2 集，江苏古籍出版社 2001 年
版，第 212 页。

④ （明)张溥辑：《汉魏六朝百三名家集》第 2 集，江苏古籍出版社 2001 年
版，第 216 页。

人的价值的看法，首次将人和自然等同起来作为独立存在的个体进行考虑。嵇康和阮籍受玄学思想影响而创作的游仙诗，所传递出来的对人生境界以及理想人格的追求，和庄子"逍遥游"的观点有相似之处，可以说，庄子之"游"在嵇康和阮籍的游仙诗创作之下，最终得以落实。罗宗强在《嵇康的心态及其人生悲剧》一文中指出："心与道合，我与自然泯一，这就是庄子的全部追求。这种追求，与其说是一种人生境界，不如说是一种纯哲理的境界。这种境界，并不具备实践的品格，在生活中是很难实现的。"①认为嵇康的意义在于"他把庄子的理想的人生境界人间化了，把它从纯哲学的境界，变为一种实有的境界，把它从道的境界，变成诗的境界。"②返还自然得以闲适惬意，正是玄学思想在人生理想上最典型的呈现。在玄学思想的影响之下，嵇康和阮籍将庄子的理想境界人间化，也将传统游仙诗的境界自然化。嵇康和阮籍坚持"越名教而任自然"，在玄学思想营造的本真生命世界中，以自觉的精神心灵去实现一种超现世、超功利的生命状态，在其中找寻最本真的自我，以及构建最理想的人格。从正始时期开始，个体意识的觉醒呈现哲理化的倾向，将对人的社会性和物质性的关注，转变成对人的精神心灵等形而上层面的关注，比建安时期个体意识的觉醒更加深刻和理想。

三、以郭璞双重人格看个体意识的觉醒

郭璞《游仙诗》其一：

> 京华游侠窟，山林隐遁栖。朱门何足荣，未若托蓬莱。临源抱清波，陵岗掇丹荑。灵溪可潜盘，安事登云梯。漆园有傲吏，莱氏有逸妻。进则保龙见，退为触藩羝。高蹈风尘外，长揖谢夷齐。③

---

① 罗宗强：《嵇康的心态及其人生悲剧》，《中国社会科学》1991 年第 2 期。
② 罗宗强：《嵇康的心态及其人生悲剧》，《中国社会科学》1991 年第 2 期。
③ （明）张溥辑：《汉魏六朝百三名家集》第 3 集，江苏古籍出版社 2001 年版，第 87 页。

诗中提到的"朱门"和"蓬莱"，实则指的是士人们所能选择的两条人生道路：一条是追求功名利禄，建立不朽功业；另一条是追求隐逸的闲适生活。透过郭璞的游仙诗，能够明显感受到他对两种人生道路的选择，以及对不同理想人格的追寻。郭璞的双重人格亦是一种矛盾人格，表现为在追求个体价值的时候，在形式上是道家的，在内涵上则是儒家的。正始时期确立起来的玄学思想，打破了汉朝以来"罢黜百家，独尊儒术"的局面，因此魏晋以来多元思想趋于融合，以至于到两晋时期，玄学思想仍然占据主要位置，社会思想呈现多元化发展的趋势。郭璞的思想，需要在这一背景中加以理解。

道家强调精神心灵自由以及超凡脱俗的旨趣，在很大程度上熏染了郭璞的性情，进而影响他人格的形成。同时，在道家思想的基础上发展而来的道教之术，为他在乱世中躲避祸乱和寻求进身，提供一技之长。郭璞与道教的关系十分的密切：首先，郭璞师从擅长占卜的郭公；其次，郭璞的朋友多好道之徒，如他和上清道派世家许迈是多年挚友；最后，他还对记载神仙思想及方术的书籍非常感兴趣，注释过《山海经》和《穆天子传》，后均被收入道教总集《道藏》之中。可见，郭璞对道家思想以及道教神仙方术了解颇深。值得注意的是，郭璞不但熟习道教的神仙方术，而且还将此作为手段运用在自己的仕途之上，使其成为一种生存手段和技巧。当朝皇帝对郭璞非常器重，一方面是因为欣赏他创作的诗歌，这些诗歌大多是歌颂皇帝或者朝堂的；另一方面是因为他对神仙方术和思想的熟练掌握，可以通过制造天人感应的神话为皇帝登基和即位创造合理性。

嵇康、阮籍的作品是为逃避现世的苦闷而作，郭璞的游仙诗则企图建功立业，对国家充满热情，但却苦于时光流逝和事业无成。可见，郭璞追求人生价值的过程中，其表面突出的是道家的人生态度，但实则是以儒家人格即积极入世的精神为底蕴的。这首先表现为慨叹文人才高位卑的不平愤懑之情，如《游仙诗》其五：

逸翮思拂霄，迅足羡远游。清源无增澜，安得运吞舟。珪璋虽特达，明月难暗投。潜颖怨清阳，陵苕哀素秋。悲来恻丹心，零泪缘缨流。①

这首诗中几乎没有运用游仙相关的词语，但却运用典故和比喻说理的方式表达自己怀才不遇的悲愤之情。晋朝政权被门阀士族所掌控，因此导致一些出身低微的文人，即使积极参与到政治活动中去，也会因为出身并非门阀士族而在仕途上倍感阻挠，进而沦为下僚。他们大多数的诗歌都在咏怀，悲叹怀才不遇、壮志难酬之情。面对如此的现实困境，郭璞会采取什么样的方式释怀呢？在他的游仙诗中，郭璞肯定了隐逸的合理性。在"朱门"和"蓬莱"的选择中，认为如果报国无门，还不如托身于游仙，仙境虚无缥缈不可得，那便采用隐逸的方式游仙。可见，郭璞游仙诗的创作最终追求的是超凡脱俗的境界，究其原因，还是因他受迫于现实因素，在门阀士族当道的情况下，下层文人在仕途上层层受阻。

可见，郭璞个人价值追求的精神内核是儒家的功利主义，即渴望通过建功立业的方式来实现个人的价值，将个人价值的实现与社会价值的实现相联系。但又因为现实因素，个人在社会中的价值并没有得到充分的肯定，所以转向以隐逸为主的游仙。儒家提倡的"修身齐家治国平天下"的信念在郭璞的人格中体现得较为明显，突出表现为强烈的社会责任感和积极进取的精神，他选择儒家传统"学而优则仕"的仕途之路。因为他亲身经历过西晋覆灭而带来的苦楚，因此心中总会充斥着收复失地、国家复兴的热烈和赤诚，如《答贾九州愁诗》和《与王使君诗》两首诗，均表现出对国家分崩离析的惋惜、社会混乱不堪的忧虑，也表现出对收复失地和恢复社会正常秩序的热切期望。在如此的社会环境中，郭

---

①　(明)张溥辑：《汉魏六朝百三名家集》第 3 集，江苏古籍出版社 2001 年版，第 87 页。

璞并没有选择趋利避害，而是选择积极参与政治建设以期复兴国家、巩固政权、积极入世。

魏晋时期的政客文人们，苦于难以实现建功立业的理想、报国无门，面对如此的现实环境，他们采取了不同的人生态度。在建安时期，曹操和曹丕面对功业难酬与生命难保的两难抉择，既渴望建功立业，又有对人生易逝的忧虑，因此虽然创作游仙诗，但更倾向于立足现世及时行乐，注重对个人价值实现的重视；曹植则无奈于难以实现济世弘道与建功立业的理想，而追求精神的自由遨游和心灵的驰骋。以上两种情况均表现为建安时期士人强烈的实现个体价值的愿景。正始时期玄学出现并得以确立，对"人的觉醒"思考更加趋向哲理化，从关注人自身的价值转向人的本然生存状态，阮籍和嵇康游都通过畅游仙界的方式来摆脱现世的苦闷，达到精神高度自由的境界，追寻理想人格的实现。但嵇康能够做到彻底用玄学反对名教，只求个体人格的精神自由，最后不被现世所容，阮籍则是不愿意放弃人生理想，采取游仙的方式远离现世，与世沉浮。正始时期名士们对个体意识的追求有重要意义，但又过于理想，这也是成为导致他们悲惨结局的主要原因。嵇康惨死，阮籍终身处于"如临深渊，如履薄冰"的状态中，这些人悲惨的遭遇给郭璞提了个醒：深受道家影响而形成的独具玄学品格的理想人格，与社会现实有极大的不相融性，如若孤注一掷地坚持，换来的不过是悲惨的收场。郭璞开始为自己寻找人生新的出路。郭象在注释《庄子·大宗师》时说："夫理有至极，外内相冥，未有极游外之致而不冥于内者也，未有能冥于内而不游于外者也，故圣人常游外以冥内，无心以顺有，故虽终日挥形而神气不变，俯仰万机而淡然自若。"①郭璞受到郭象"内圣外王"思想的影响，为实现自身价值提供了新的思路，即"以即世为出世"的人生态度。这样的人生观强调游外安内，名教等同自然，逍遥无须遁世。因

---

① （晋）郭象注，（唐）成玄英疏，曹础基、黄兰发点校：《庄子注疏》，中华书局 2011 年版，第 147 页。

此，产生两种理想人格的选择：一种是为求功名利禄建立不朽功业，另一种是追求隐逸的闲适生活。两者之间相互关联，一种为内核，一种为表象，其游仙诗是在如此的人生观基础上创作出来的。清代陈祚明评郭璞游仙诗曰："景纯本以仙姿游于方内，其超越恒情，乃在造语奇杰，非关命意。《游仙》之作，明属寄托之词，如以'列仙之趣'求之，非其本旨矣。"①可见，郭璞的游仙诗是假借游仙，表达"以即世为出世"的人生态度，脱离之前传统的虚无缥缈的神仙境界和神仙方术的描写，回归到现实世界，认识到魏晋名士在追求理想人格和躲避祸乱之间的矛盾，并期望能够在理想和现实之间得到调和。王钟陵对郭璞游仙诗的评价非常中肯："隐逸正是一种可以脱开一些世网的现实途径，而游仙则是对残酷现实和短促之浮生的想象的因而也是虚幻的解脱。隐逸与游仙的结合，乃现实中一定程度的脱开和想象中尽情舒展的结合。这样一种结合，正是当时社会中士人为自己构造的一个既有现实成分又更有精神性成分的生存空间。这个生存空间比之于大范围的社会空间有两个区别：一是相对安全一些，二是能让自己真实的个性以一种精神的方式得到较多的体现。这两点正好是构成了对一个'真我'的保存。"②这一时期玄学强调的人生价值观调和了正始时期玄学理想人格和现实人格的矛盾。既需要道家逍遥和超凡脱俗，又深耕于儒家积极入世的人生态度。这是建安以来，对个人价值意识觉醒层面的肯定，逐步实现由哲学层面向现实层面的转换，从而达到了物质与精神的完美结合。

综上，魏晋时期的游仙诗经过建安、正始和东晋三个发展阶段，游仙主题由"仙"转向"人"，或是期望通过游仙达到长生久视，或是执着追求精神上的绝对自由，都致力于表现人，突出个人的价值，都是个体意识的觉醒在魏晋游仙诗中的表现。

---

① （清）陈祚明评选，李金松点校：《采菽堂诗选》，上海古籍出版社 2008 年版，第 379 页。

② 王钟陵：《中国中古诗歌史》，人民出版社 2005 年版，第 326-327 页。

第三章 "行游"与"宦游"

第一节 《穆天子传》与纪游文学的萌兴

《穆天子传》(又称《周王游行》《周王游行记》)是中国先秦时期纪游文学的杰出代表。《穆天子传》展现了周穆王西行旅程中的见闻,但它并非实录,而是战国时代具有小说性质的作品。《穆天子传》的地理观念是战国时代的产物,它所描绘的礼仪活动和神话传说是我们认识先秦历史文化的重要材料。

一、《穆天子传》的西行路线和地理观念

《穆天子传》所描述的是周穆王的巡行之路。第一卷至第四卷详述了周穆王的征程:他从洛邑启程,率领着七萃精兵,驾驭着八匹神骏,讨伐犬戎部落,历经艰险,穿越雁门关隘,抵达了河套地带,向河伯献祭,攀登昆仑山,拜见西王母,于广袤原野展开狩猎活动,随后返回宗周。此次西征途经约二万五千里,历时两载,途经了二十多个邦国和部族,如犬戎、河宗氏、西王母国等,周穆王一路受到了盛情款待。其后第五卷记录了周穆王巡游中原的过程,第六卷重点叙述了周穆王在黄河与济水流域的巡察活动。当其宠爱的盛姬美人不幸离世,周穆王为了寄托哀痛之情,举行了一场隆重无比的葬礼仪式。由此可见,《穆天子传》记录的周穆王西游、东巡、巡狩中原等部分,清晰地描绘了完整的旅行路线和经历,其中也详细记录了周穆王与西方部族及邦国在宗教祭

祀、爵位封赐、商品交流等方面的政治与经济互动。

《穆天子传》记载了周穆王西征的路线，首先途经河宗之邦，该地区位于中原和西域之间，它是周王朝与西域各部族之间互动交流的桥梁。其次是泛昆仑山区域，居住着多个部族，如珠泽人、赤乌人、曹奴氏、留青之邦、容城氏、剖间氏、鄇韩氏等。继而描绘的是位于天山北麓的广袤地区，包括了西王母的国度以及辽阔的西北平原，这里居住着西王母、智氏、阆氏、畴余等族群。在《穆天子传》中，西王母之邦被描述为一个母系社会国家，由西王母执掌政权。它不仅是穆王西征之旅的终极目的地，并且在整个西征路线上扮演着最为关键的西域国家角色。周穆王抵达西王母之邦后，"乃执白圭玄璧以见西王母，好献锦组百纯，□组三百纯"①，可见周穆王之重视。

关于周穆王西游的主要目的，《穆天子传》中并没有直接给出答案。范文澜曾指出："穆王是一个大游历家，相传曾到过昆仑山西王母国，一个天子不会冒险远游，当是西方早有通商的道路。"②《穆天子传》是具有小说性质的历史文本，它以整合、神化的书写方式保留了中华民族早期丝路记忆③，可反映早期中原地区与西域的文化交流。从《穆天子传》中所记载的商贸往来看，西域诸国用于与周穆王交换的货品明显具有地域特色，《史记·货殖列传》载："天水、陇西、北地、上郡与关中同俗，然西有羌中之利，北有戎翟之畜，畜牧为天下饶。"④可见，当时西域诸国主要以牛、马、羊等家畜作为主要经济来源，辅以少量的稻米和酒食，显示出这些地区的经济结构以畜牧业为核心，种植业为补充，体现了鲜明的游牧文化特色，可与《穆天子传》的记载相参证。相比之

---

① 王贻梁、陈建敏：《穆天子传汇校集释》，华东师范大学出版社 1994 年版，第 161 页。
② 范文澜：《中国通史简编》，人民出版社 1964 年版，第 148 页。
③ 李健胜：《〈穆天子传〉中的丝路记忆及其共同体建构内涵述论》，《中国文化研究》2024 年冬之卷。
④ （汉）司马迁：《史记》卷 129，中华书局 2014 年版，第 3930 页。

下，周穆王作为交换的货品呈现出典型的农耕文明特征，如金银珠宝、漆器砂壶、以丝织制品为代表的手工业品等。值得关注的是，《穆天子传》载："辛巳，入于曹奴，曹奴之人戏觞天子于洋水之上。乃献食马九百，牛羊七百，穄米百车。天子使逄固受之。天子乃赐曹奴之人戏□黄金之鹿，白银之麇、贝带四十，朱四百裹。戏乃膜拜而受。"又云："乙巳，□诸馈献酒于天子，天子赐之黄金之罂，贝带、朱丹七十裹。"①周穆王与西域诸国之间的交换，带有明显的朝贡特点，主要表现为西域诸国将货品呈献给周穆王，再由周穆王用其他货品作为赏赐，回馈给这些邦国或部落。所谓朝贡由来已久，在《尚书·禹贡》中便记载了地方对中央、诸侯对天子进献贡品的事例。《国语·周语上》载，"夫先王之制，邦内甸服，邦外侯服，侯卫宾服，蛮夷要服，戎狄荒服"，在穆王讨伐犬戎之后，"自是荒服者不至"②。可见，西周时期已有朝贡制度。在《穆天子传》中，周穆王与西域各国之间的物品往来，当是早期朝贡制度的反映。

关于《穆天子传》的成书年代问题，有西周时期、战国时期、汉晋时期等不同说法。其中战国说最为流行。如顾颉刚在《穆天子传及其著作时代》一文中，基于战国时期的形势和中西交通情况进行论述，认为《穆天子传》由赵、秦人士创作于战国时期。他指出造父御八骏的故事源于秦国和赵国都擅长养马的传统，这个故事的背景是赵国武灵王向西北地区发展胡服骑射的历史事实："《穆天子传》的著作背景，即是赵武灵王的西北略地。"③在此基础上，一些学者进一步论证了《穆天子传》成书于战国时期。④

---

① 王贻梁、陈建敏：《穆天子传汇校集释》，华东师范大学出版社 1994 年版，第 129 页。

② 徐元诰撰，王树民、沈长云点校：《国语集解》，中华书局 2002 年版，第 6-7、9 页。

③ 顾颉刚：《穆天子传及其著作时代》，《文史哲》1951 年第 2 期。

④ 参见周书灿：《〈穆天子传〉研究述论》，《贵州大学学报》(社会科学版) 2003 年第 2 期。

战国时期人们对地理空间的认识发生了很大的变化。随着各区域经济、文化交流的深化，人们的地理知识空前扩张。战国时期诞生的《山海经》和《穆天子传》，都是这一时代背景的产物。

二、《穆天子传》中的礼仪活动

《穆天子传》通过叙述周穆王西行的过程，描述了一系列礼仪活动，包括祭祀、宴饮、狩猎等。这些记载虽然并非全是实录，但也在很大程度上反映了先秦时期的礼仪观念。

《穆天子传》多次描述了周穆王进行祭祀活动的场面，周穆王通常将祭祀的场所选择在山川或者湖泊，这是因为古人们认为山川湖泊多居住着神灵，高耸入云的山川被视为连接天地的重要纽带。同时，古人也敬畏河海带来的巨大自然力量。《穆天子传》的第一卷便描述了一次比较大型的祭祀活动："天子命吉日戊午。天子大服：冕袆、帗带、搢曶、夹佩……官人陈牲全五□具……河伯号之，帝曰：'穆满，女当永致用时事。'南向再拜。河宗又号之，帝曰：'穆满，示女春山之瑶……乃至于昆仑之丘，以观春山之瑶，赐女晦。'"①这次祭祀在阳纡之山，是河伯无夷的居所，周穆王在吉日举行盛大的祭祀仪式，以祭祀黄河之神河伯。这一次祭祀活动的规模相较之前的比较庞大，在祭祀中，周穆王身着华丽衣裳，装饰着精美饰品，献上玉璧以及猪牛羊等供品，向河神敬献。河宗氏君主与周穆王的对话包含两个方面的内容：其一，给予周穆王来自神灵的帝王权力；其二，周穆王能与神灵进行交流，说明他有超乎寻常的能力，得到神灵的庇护。周穆王便是要通过祭祀活动刻意展现出王权至高无上。由此，他的出游不仅仅是以娱乐为目的的游山玩水，而是希望承接天的意旨，宣扬君权神授的合法性。

关于宴饮之礼，在《穆天子传》中有不少记载，如"孟秋丁酉，天子

---

① 王贻梁、陈建敏：《穆天子传汇校集释》，华东师范大学出版社1994年版，第41、48页。

北征，□之人潜时，觞天子于羽陵之上，乃献良马、牛羊""乙丑，天子觞西王母于瑶池之上""癸丑，天子东征，柏夭送天子至于䣙人。䣙伯絮觞天子于澡泽之上"①。总的来看，参加宴饮的人员可以大致分为两种类型：一种是西域诸国或部落设宴款待周天子，另一种是周穆王设宴款待西域邦国或部落。在邦国或部族设宴饮的礼仪活动中，基本上是西域之人向周穆王敬酒，被称为"觞"，"注酒满杯，一口吞咽而尽曰觞，亦曰痛饮"②，是西域之人较为常见的一种饮酒习惯，运用到宴饮活动中，表达的是对周穆王的尊敬和友好。西域邦国都热烈地欢迎周穆王的到来，并表现出对他十分尊重的姿态。但在西王母和重治氏的地盘之上，便是周穆王向西王母和重治氏敬"觞"，可见，他们在众多的邦国或部落中，具有重要的影响力，所以周穆王会选择主动的方式表达谢意。但是我们会发现，在周穆王与诸位诸侯的宴饮上，传统的"觞"字不再使用，而代之以"飨"和"饮"。③ 如"丙午，天子饮于河水之阿，天子属六师之人于䣙邦之南，渗泽之上""□，天子大飨正公、诸侯、王勤、七萃之士于羽琌之上，乃奏广乐""天子饮许男于洧上……"④用词的转变呈现出来的是，饮酒礼仪已经发生了变化，周王朝与诸侯国之间的宴饮之礼，不同于同西域诸国之间的宴饮。同时，宴饮离不开歌诗和奏乐。在《穆天子传》中，宴会上往往安排音乐表演，并配以诗歌，这也与西周时期的礼乐文化背景相契合。《穆天子传》中有"广乐"的说法，郭璞注云："《史记》云赵简子疾不知人，七日而寤曰：我之帝所，甚

---

① 王贻梁、陈建敏：《穆天子传汇校集释》，华东师范大学出版社 1994 年版，第 145、161、221 页。
② 顾实：《穆天子传西征讲疏》，商务印书馆 1934 年版，第 5 页。
③ 崔冰洋：《〈穆天子传〉游记特色研究》，青岛大学硕士学位论文，2018 年，第 42 页。
④ 王贻梁、陈建敏：《穆天子传汇校集释》，华东师范大学出版社 1994 年版，第 23、172-173、251 页。

乐，与百神游于钧天，广乐九奏，万舞不类三代之乐，其声动心。"①陈逢衡注："郭引《史记》，见《赵世家》。《玉篇》：'广，大也。'盖奏虞、夏、商、周四代之乐，故谓之广乐。若赵简子所谓'钧天广乐'，乃梦游幻境耳，岂可相比例。"②在《穆天子传》中，穆王在室外广场举行集会时，常安排广乐演奏，为活动增添壮丽气氛，同时也会运用到周王和诸侯的宴饮中。

在西行的过程中，周穆王领导下的狩猎活动同样频繁出现。《穆天子传》载：

> 己酉，天子饮于溽水之上，乃发宪命，诏六师之人□其羽。爰有□薮水泽，爰有陵衍平陆，硕鸟解羽。六师之人毕至于旷原。曰：天子三月舍于旷原。□，天子大飨正公、诸侯、王勤、七萃之士于羽琢之上，乃奏广乐。□六师之人翔畋于旷原，得获无疆，鸟兽绝群。六师之人大畋九日，乃驻于羽陵之□，收皮效物，债车受载。天子于是载羽百车。③

本段叙述了周穆王及其随从在温山、大旷野的狩猎情况。出游狩猎的目的并非只是为了捕猎动物，同时也有重要的政治和现实意义。在先秦时期，狩猎和巡狩经常被联系在一起。《礼记·王制》曰："天子五年一巡守，岁二月，东巡守至于岱宗……五月，南巡守至于南岳……八月，西巡守至于西岳……十有一月，北巡守至于北岳。"④据此，天子定

---

① （晋）郭璞注，（清）洪颐煊校：《穆天子传》，宋志英、晁岳佩选编：《〈穆天子传〉研究文献辑刊》第1册，国家图书馆出版社2014年版，第33页。

② （晋）郭璞注，（清）洪颐煊校：《穆天子传》，宋志英、晁岳佩选编：《〈穆天子传〉研究文献辑刊》第1册，国家图书馆出版社2014年版，第318页。

③ 王贻梁、陈建敏：《穆天子传汇校集释》，华东师范大学出版社1994年版，第172-173页。

④ （清）阮元校刻：《礼记正义》卷11，《十三经注疏》，中华书局2009年版，第2874-2875页。

期巡狩，以此来加强对各地的统治。

三、《穆天子传》中的神话人物与神话地理

《穆天子传》既有对现实中礼仪活动的描述，同时也有对神话人物和神话地理的表现。

《穆天子传》与方术存在密切的关联。常金仓指出，《穆天子传》从表面看俨然史书，骨子里却是方士神仙家书。① 顾颉刚认为《穆天子传》借鉴了不少神话资料，其中的山川、人物和地理特征与《山海经》中的昆仑区神话有所关联，如《穆天子传》所见长沙之山亦见于《西山经》，位在昆仑区之中。② 郑杰文进一步指出，《穆天子传》中所提到的甄鸟之山实际上就是《山海经·海内经》中的鸟山。③ 此外，除了诸如西王母、黄帝、赤乌氏等西域人物同样出现在《山海经》的《西山经》与《大荒经》篇中。众多学者已经留意到《穆天子传》与《山海经》两部文献之间存在着的紧密联系④，或者说，认识到《穆天子传》与神仙方术之间的联系，然而，鲜有人注意到《穆天子传》在引用神话时可能对其进行了下意识的改写。这种改写将神话的世界转变为一个更加理性化的世界，主要包括两个方面的内容：一是神的人化；二是神话地理的现实化，突出表现为看似是客观的地理描述，实则是神仙方术观念影响下的产物。

通过考察周穆王巡游的路线，会发现它串联着许多神话人物，这些神话人物往往存在人化的倾向。如河伯原本是指掌管黄河的神祇，在古

---

① 常金仓：《〈穆天子传〉的时代和文献性质》，《社会科学战线》2006 年第 6 期。

② 顾颉刚：《〈山海经〉中的昆仑区》，《中国社会科学》1982 年第 1 期。

③ 郑杰文：《穆天子传通解》，山东文艺出版社 1992 年版，第 30 页。

④ 常金仓指出《山海经》中绝大多数的志怪神话并非史前文化的"遗存"，而是在战国时代根据特定社会需求对前赋文化做出的新综合，《山海经》当是神仙方术之士事先备好的资料汇编。见氏撰《〈山海经〉与战国时期的造神运动》，《中国社会科学》2000 年第 6 期。

籍中有时被称为"冯夷",有时被写作"冰夷",由于"冯"与"冰"古音相近,二者可以通假。在《山海经·海内北经》中记载,"冰夷人面,乘两龙"①,这里的冰夷是一位神灵。此外,商代甲骨文中有对"河"的祭祀记录,当与文献中所提及的河伯相关,这表明河伯作为一位神灵有着较为悠久的历史渊源。而在《穆天子传》中,河伯以阳纡山为其都邑,其后代子孙演变为历史悠久的河宗氏家族的一部分。再如西王母。商代甲骨文中的"西母",被视作西王母的前身。西王母的形象经历了从神祇到凡人再到仙女的变化过程。如《山海经·西山经》载:"其状如人,豹尾虎齿而善啸,蓬发戴胜,是司天之厉及五残。"②这是文献中西王母最早的形象,在《穆天子传》中,西王母转变为通晓文化礼仪的西域邦国的首领,展示出由神明转变为人的过程。在《山海经》中有许多关于黄帝神话的记载,根据《西次三经》的记载,黄帝居住在峚山,以玉为食③。而《穆天子传》中,黄帝则是一位历史人物,第二卷写道:"天子升于昆仑之丘,以观黄帝之宫","天子□昆仑,以守黄帝之宫。"④据此可推断,尽管《穆天子传》中的黄帝故事源自神话,但其形象被赋予了一定的历史人物特征,被描绘为拥有居所的人王。丰隆的形象亦被赋予历史人物的一些特征。《楚辞·离骚》云:"吾令丰隆乘云兮。"⑤此处丰隆被视为神灵。而在《穆天子传》中,丰隆是一个真实存在的历史人物,如在第二卷中提到"封丰隆之葬"⑥,郭璞注云:"'隆'上字疑作'丰'。丰隆筮御云,得大壮卦,遂为雷师。亦犹黄帝桥山有墓,封谓

---

① 袁珂校注:《山海经校注》,巴蜀书社 1992 年版,第 369 页。
② 袁珂校注:《山海经校注》,巴蜀书社 1992 年版,第 59 页。
③ 袁珂校注:《山海经校注》,巴蜀书社 1992 年版,第 48 页。
④ 王贻梁、陈建敏:《穆天子传汇校集释》,华东师范大学出版社 1994 年版,第 92、102 页。
⑤ (宋)洪兴祖,白化文点校:《楚辞补注》,中华书局 1983 年版,第 31 页。
⑥ 王贻梁、陈建敏:《穆天子传汇校集释》,华东师范大学出版社 1994 年版,第 92 页。

增高其上土也，以标显之耳。"①所谓的"封"，实际上是指用来安葬逝者的墓地，这与战国时期贵族利用墓地来展示其社会地位的习惯相吻合。丰隆，一度被奉若神明，在《穆天子传》中则是一位有具体安葬之地的历史人物。《穆天子传》中呈现的神话地理与真实地理基本上无差别，在叙述方式上呈现出程式化的特点，通过十二地支、方向、游行活动（其中包括住宿、巡观、狩猎、祭祀、宴饮等内容）、旅程目的地，外加言语议论和描写风景，来构建故事情节。《穆天子传》赋予神话地理以现实性②，主要表现为：其一，《穆天子传》通过具体化的方式将神话地理变得真实。与《离骚》"朝发轫于苍梧兮，夕余至乎县圃""朝发轫于天津兮，夕余至乎西极"③这样富于想象力的描写相比，《穆天子传》所描绘的神话领域可视作对现实世界的延伸，其中神话领域被赋予了方向和距离的具体特征，使得它变成了普通人有能力抵达的实体空间。其二，《穆天子传》通过写实方式描绘的地理环境的方式，将神话地理变得真实。如《山海经·北山经》中的边春之山（春山）具有奇幻色彩，但在《穆天子传》中，只是写道："春山，是唯天下之高山也。"④仅突出春山巍峨的特征。《楚辞·天问》云："昆仑悬圃，其尻安在？增城九重，其高几里？"⑤《淮南子·地形训》云："昆仑之丘，或上倍之，是谓凉风之山，登之而不死；或上倍之，是谓悬圃，登之乃灵，能使风

---

① （晋）郭璞注，（清）洪颐煊校：《穆天子传》，宋志英、晁岳佩选编：《〈穆天子传〉研究文献辑刊》第 1 册，国家图书馆出版社 2014 年版，第 46 页。

② 雷晋豪对《穆天子传》中神话地理的理性化已有讨论，见氏撰《神话地理的理性化——〈穆天子传〉周穆王西行之旅的历史脉络与相关问题》，《中山大学学报》（社会科学版）2023 年第 6 期。

③ （宋）洪兴祖撰，白化文点校：《楚辞补注》，中华书局 1983 年版，第 26、44 页。

④ 王贻梁、陈建敏：《穆天子传汇校集释》，华东师范大学出版社 1994 年版，第 110 页。

⑤ （宋）洪兴祖撰，白化文点校：《楚辞补注》，中华书局 1983 年版，第 92 页。

雨；或上倍之，乃维上天，登之乃神，是谓太帝之居。"①神话中所谓的"悬圃"是昆仑山的巅峰，然而《穆天子传》中对"悬圃"的解释，与其他文献不尽相同："春山之泽，清水出泉，温和无风，飞鸟百兽之所饮食，先王所谓县圃。"②在先秦时期，"圃"是贵族用来休闲娱乐和欣赏游玩的场所。《穆天子传》将"圃"具体描述为"飞鸟和百兽取食的地方"，因此将"悬圃"移至于春山之南的湿地和芦苇绵延之地，将风景与地理特征相媲美地融合在一起，最能看出《穆天子传》的创作者对神话世界的创新改造，神话空间被赋予了田园风光的新面貌。再如《山海经·西山经》中的"玉山"，在《穆天子传》中被称为"群玉之山"："曰群玉田山□知阿平无险……寡草木而无鸟兽。"③周穆王"取玉（版）三乘""玉器服物，载玉万只"④，玉山不再是遥不可及的神山，而是可以采玉的现实之山。可见，《穆天子传》透露出将神话地理现实化的趋向，这一文献既受到神仙方术的影响，又有意向史传靠拢，属于熔历史与神话于一炉的纪游文学。

第二节　山水之游：六朝山水诗的形成与发展

六朝时期，山水诗（或称"游山水诗"⑤）作为一种新的诗歌题材正式成立。山水之游的兴起，激发了诗人对外部空间的探寻，从而推动了对自然山水的审美发现和表现。

---

① 张双棣：《淮南子校释》，北京大学出版社 2013 年版，第 451 页。

② 王贻梁、陈建敏：《穆天子传汇校集释》，华东师范大学出版社 1994 年版，第 110、139 页。

③ 王贻梁、陈建敏：《穆天子传汇校集释》，华东师范大学出版社 1994 年版，第 139 页。

④ 王贻梁、陈建敏：《穆天子传汇校集释》，华东师范大学出版社 1994 年版，第 110 页。

⑤ （清）沈德潜：《说诗晬语》，《清代诗文集汇编》第 235 册，上海古籍出版社 2010 年版，第 231 页。

　　六朝山水诗作为中国山水诗的发端，在诗歌史上占有重要地位。李文初、葛晓音、王国璎等学者较早在山水诗的整体发展脉络中考察六朝山水诗的形成与流变。① 刘雪璠、李明杰等学者较为全面地从思想、文化、社会背景等方面来阐述山水诗产生的原因，并对六朝山水诗的内容与结构等进行总体性的文本分析。② 有学者选取此时期的代表性山水诗人进行个案分析，尤其值得注意的是围绕谢灵运展开的研究。③ 也有学者关注六朝山水诗形成的思想因素，如葛晓音指出山水诗的形成深受玄学影响，玄言诗中所提倡的"以静照而观山水"之体悟方式便对山水诗的发展起到积极作用④，刘强将六朝山水诗的勃兴与刘宋时期儒学思潮的回归相联系⑤，葛刚岩、陈思琦关注东晋以后玄佛合流的思潮对山水诗创作产生的重要影响⑥。值得注意的是，郭本厚的《六朝游文化视野中的山水诗研究》已经注意从"游文化"出发讨论六朝山水诗的发展。⑦

　　在已有研究成果的基础上，本节希望进一步讨论六朝时期多元思想交融对山水诗发展的影响，山水诗与游仙诗、玄言诗的关联，以及山水

---

　　① 李文初等：《中国山水诗史》，广东高等教育出版社 1991 年版；葛晓英：《山水田园诗派研究》，辽宁大学出版社 1997 年版；王国璎：《中国山水诗研究》，中华书局 2007 年版。

　　② 刘雪璠：《六朝山水诗研究》，哈尔滨师范大学硕士学位论文，2015 年；李明杰：《魏晋六朝山水文学的生态审美意蕴》，山东大学硕士学位论文，2019 年。

　　③ 蒋寅：《超越之场：山水对于谢灵运的意义》，《文学评论》2010 年第 2 期；熊红菊、刘运好：《"即色游玄"对谢灵运山水审美之影响》，《北方论丛》2012 年第 6 期。

　　④ 葛晓音：《东晋玄学自然观向山水审美观的转化——兼探支遁注〈逍遥游〉新义》，《中国社会科学》1992 年第 1 期。

　　⑤ 刘强：《刘勰"庄老告退，山水方滋"说新论——六朝山水审美勃兴的儒学省察》，《同济大学学报》(社会科学版)2018 年第 6 期。

　　⑥ 葛刚岩、陈思琦：《玄佛合流下南朝山水诗学的新变——兼谈中外文化的交流与融合》，《中国诗学研究》第 2 辑，安徽师范大学出版社 2021 年版，第 43-54 页。

　　⑦ 郭本厚：《六朝游文化视野中的山水诗研究》，上海师范大学博士学位论文，2010 年。

之游的自觉与文学自觉的互动。

一、思想交融与山水诗的发展

自魏晋以来，社会思潮趋于多元，儒家思想的主流地位遭受冲击，这也催发了文学意识的自觉，山水诗亦是在此种文学风气下孕育而成。故山水诗在六朝的形成，并不能简单将其视作诗歌题材的新衍，其背后实则蕴含着更为深层的社会原因，即受这一时期思想潮流更替与交融的影响。

关于山水诗的兴起问题，刘勰在《文心雕龙·明诗》中已有涉及：

> 江左篇制，溺乎玄风，嗤笑徇务之志，崇盛亡机之谈……宋初文咏，体有因革，庄老告退，而山水方滋……①

文中"玄风""庄老"之语即指东晋盛行玄言之风，表现在诗歌方面便是玄言诗。刘勰又认为山水诗出现于南朝宋初，而这一时期亦是诗歌由玄言转向山水的关键阶段。他的这一说法也引发后人的争论，争议点主要集中在：一是玄言诗与山水诗是否纯粹"因革"的关系，山水诗的兴起究竟受何种思想影响；二是山水诗的兴起时间是否在刘宋初期，此前是否已有山水诗的萌芽出现。

清人谈及山水诗的源起，多引刘勰之说。如王士禛《双江倡和集序》云："汉魏间诗人之作，亦与山水了不相及。迨元嘉间，谢康乐出，始创为刻画山水之词，务穷幽极渺，抉山谷水泉之情状，昔人所云'庄老告退，而山水方滋'者也。"②沈德潜《说诗晬语》云："刘勰云：'老庄

---

① （梁）刘勰著，范文澜注：《文心雕龙注》，人民文学出版社1958年版，第67页。

② （清）王士禛：《带经堂集》，《清代诗文集汇编》第134册，上海古籍出版社2010年版，第318-319页。

告退，而山水方滋。' 游山水诗，应以康乐为开先也。"①当代学者的论证则更为细化。如有学者强调山水诗的发展与玄学关系密切。钟元凯认为："魏晋玄学的积极作用，首先表现在把大自然从'天人感应'的神学泥淖里解放出来，从宗教的迷雾中解放出来，恢复其自然属性和独立品格。"②韦凤娟亦指出："正是魏晋玄学促使人们的山水自然观发生了深刻变化。……玄言诗和山水诗都是在魏晋玄学这一庞大的哲学思想体系中孕育的。"③葛晓音也肯定了玄言诗对山水诗的形成具有一定的促进作用，"玄言诗集中探讨了山水和自然的关系，则为山水诗在短时间内大量涌现，迅速蔚为大国作好了舆论准备，从这一方面来看，玄言诗对山水诗的发展又是一种助力"④。这意味着，玄言诗与山水诗之间的关系，并非刘勰所论此消彼长的对立关系。玄学亦激发了文人对于山水自然的审美意趣，提升了审美自觉程度，玄言诗中已蕴含着山水元素，这也在一定程度上推动了六朝山水诗的勃兴。

一些学者关注玄佛合流的社会思潮对山水诗走向独立与壮大的重要意义。如葛晓音讨论了山水诗成为独立诗题的思想背景，即东晋玄佛合流思潮，"在佛理化的玄言的催化下，山水诗逐渐臻于独立，并具有了区别于以前所有写景诗的全新意义"⑤。葛刚岩、陈思琦则着重论述东晋以后玄佛合流趋势下对山水诗创作产生的深远影响。⑥

---

① （清）沈德潜：《说诗晬语》，《清代诗文集汇编》第 235 册，上海古籍出版社 2010 年版，第 231 页。

② 钟元凯：《魏晋玄学和山水文学》，《学术月刊》1984 年第 3 期。

③ 韦凤娟：《空谷流韵——中华文学通览·魏晋南北朝卷》，中华书局 1997 年版，第 87、89 页。

④ 葛晓音：《山水方滋，庄老未退——从玄言诗的兴衰看玄风与山水诗的关系》，《学术月刊》1985 年第 2 期。

⑤ 葛晓音：《东晋玄学自然观向山水审美观的转化——兼探支遁注〈逍遥游〉新义》，《中国社会科学》1992 年第 1 期。

⑥ 葛刚岩、陈思琦：《玄佛合流下南朝山水诗学的新变——兼谈中外文化的交流与融合》，《中国诗学研究》第 2 辑，安徽师范大学出版社 2021 年版，第 43-54 页。

此外，另有一些学者更倾向于从儒家思想的角度分析对山水诗的影响。如刘强认为："六朝山水审美及山水诗的勃兴，固然与道、佛思想不无关系，却更是儒家'山水比德'观念及诗骚精神和兴寄传统长期浸润的结果。而刘宋初年儒学思潮的回归，无疑起到了重要的推动作用。"①不可否认，山水诗这一题材的出现，在一定程度上受传统诗学的影响，在《诗经》《楚辞》中已有对花草、景物的描绘，但这并不意味着儒家思想在山水诗兴起的过程中起到决定性作用。

山水诗的出现，表明文人对自然、对外界客观景物予以更多的关注，从根本上说，这是思想自由与解放的表现。而推崇与自然亲近的观念，在道家著作中体现得较为典型。如《庄子》一书中有如下论述：

> 夫虚静恬淡、寂漠无为者，万物之本也。……以此退居而闲游，江海山林之士服；以此进为而抚世，则功大名显而天下一也。(《庄子·天道》)②

> 当是时也，无公朝，其[内]巧专而外骨消。然后入山林，观天性形躯，至矣，然后成见镶，然后加手焉，不然则已。(《庄子·达生》)③

> 山林与，皋壤与，使我欣欣然而乐与！乐未毕也，哀又继之。哀乐之来，吾不能御，其去弗能止。悲夫！世人直为物逆旅耳。(《庄子·知北游》)④

---

① 刘强：《刘勰"庄老告退，山水方滋"说新论——六朝山水审美勃兴的儒学省察》，《同济大学学报》(社会科学版)2018 年第 6 期。
② (晋)郭象注，(唐)成玄英疏，曹础基、黄兰发点校：《庄子注疏》，中华书局 2011 年版，第 249 页。
③ (晋)郭象注，(唐)成玄英疏，曹础基、黄兰发点校：《庄子注疏》，中华书局 2011 年版，第 354-355 页。
④ (晋)郭象注，(唐)成玄英疏，曹础基、黄兰发点校：《庄子注疏》，中华书局 2011 年版，第 408 页。

　　上述文献皆言及顺物之本性的必要性与必然性。《天道》篇指出，把握万物之性的根本在于内心的虚静无为，如此则退居可得天下隐士之信服，出仕亦能显其功名于天下，是以无为而可为也。《达生》篇载梓庆削木为镰，每欲为镰，必先静其心而入山林，观木之天性与形躯，有可成之木则选之，无可成之木亦不勉强为之。由此说明需以虚静之心观物之天性，循自然之道，不以人力而强之，方成其事。《知北游》意在说明"与物化者，一不化者也"的道理，游于山林皋壤之乐终不能持久，哀乐瞬变，唯有以静心而至于无心之境，便不为外物之变迁所扰乱，真正的至乐之境是去乐，即与"至言去言，至为去为"之理相一致。

　　道家主张顺物，即顺应自然，要求虚静其心，处无为之事，如此则能与物相合，亦是合于道。需要注意的是，道家及后世的魏晋玄学所主张的"自然"这一概念，仍是抽象的哲学概念，而非自然界，郭象注《庄子》时如此解释"自然"："天地者，万物之总名也。天地以万物为体，而万物必以自然为正。自然者，不为而自然者也。……不为而自能，所以为正也。故乘天地之正者，即是顺万物之性也。"[1]此处的"自然"指"不为而自能"，强调顺应万物之本性。然《庄子》的思想中已初步显露出对天地万物的亲近，遵循万物的生存规律，达成"万物与我为一"之境，这也为魏晋玄学的发展提供了理论基础，从而促进了游仙诗、玄言诗的发展。而此类诗歌中已开始对自然山水和隐逸生活展开初步的描绘，可以说这是魏晋文人对外在空间的一次有益的尝试性探索。

　　及至东晋，山水观进入重要的形成与发展时期。《世说新语·容止》刘孝标注云："孙绰《庾亮碑文》曰：'公雅好所托，常在尘垢之外。虽柔心应世，蟺屈其迹，而方寸湛然，固以玄对山水。'"[2]孙绰为庾亮所作碑文，不仅言其功绩之显赫，还誉之以雅好玄风。孙绰一句"以玄

---

　　① （晋）郭象注，（唐）成玄英疏，曹础基、黄兰发点校：《庄子注疏》，中华书局 2011 年版，第 11 页。

　　② 余嘉锡撰，周祖谟、余淑宜整理：《世说新语笺疏》，中华书局 1983 年版，第 618 页。

对山水"，表明玄理与游山水之间已形成紧密的联系，在山水间体悟玄理，此时的山水虽然仍在玄学的框架下，但较之以往的空谈已有不同。这点也更为深刻地表现在其作《游天台赋》之中，其文曰：

> 太虚辽廓而无阂，运自然之妙有，融而为川渎，结而为山阜。嗟台岳之所奇挺，实神明之所扶持。荫牛宿以曜峰，托灵越以正基。结根弥于华岱，直指高于九疑。……陟降信宿，迄于仙都。双阙云竦以夹路，琼台中天而悬居。朱阙玲珑于林间，玉堂阴映于高隅。彤云斐亹以翼椒，曒日炯晃于绮疏。八桂森挺以凌霜，五芝含秀而晨敷。惠风仁芳于阳林，醴泉涌溜于阴渠。建木灭景于千寻，琪树璀璨而垂珠。……泯色空以合迹，忽即有而得玄，释二名之同出，消一无于三幡。恣语乐以终日，等寂默于不言，浑万象以冥观，兀同体于自然。①

开篇即指出天台山承自然之道，"神明""灵越""仙都"等语又带有明显的游仙色彩，可见其构思仍未脱玄学之本。继而言说登山所见之景，以"云竦""中天"突出其山路之险峻，以"朱阙""玉堂"表明其山上建筑之精妙。"彤云"以下四句由近及远，描绘山中清晨的景致，"惠风""醴泉""建木""琪树"等意象都营造出玄远的意境。这篇赋已是有意识地对山林景致进行全面而丰富的描摹，可视作山水文学之萌芽。而末段有"于是游览既周，体静心闲"之语，从对自然景物的欣赏转入说理，将佛理"色空"与道家"三幡"等说相合，意在山水间感知玄理，循万物之道，见物而无物，同归于无，如此则能臻于"自然"之境。

此赋的重要意义在于：其一，赋中有意识地对山水景物进行描写，虽其用词多受游仙文学影响，然已见其山水自觉之意识。同时，他将山

---

① （梁）萧统编，（唐）李善注：《文选》卷11，上海古籍出版社1986年版，第494-500页。

水与玄理二者有效地结合起来，这种在山水中感知玄理的体悟方式与写作模式，对六朝山水诗的发展具有积极的启发与示范作用。其二，文末说理内容可见孙绰不仅受道家思想的影响，亦有佛学之思，这与当时玄佛合流的思潮有密切的关联。

而孙绰之所以提出"以玄对山水"的说法，并非个人的发明，而是与当时玄佛合流思潮有莫大的关系。葛晓音曾指出："游仙学道的生活虽与山水有缘，但并未促使山水诗在短期内大量涌现。至道佛理和玄言结合以后，人们才产生了对山水的自觉审美意识。"①除孙绰此类玄佛皆信之士外，同时期佛教中的一些著名僧人亦尚清谈，如支道林等。他们主张以佛理入玄，也加速了"由山水入玄"的进程。

支遁是"即色宗"的代表人物，主张"即色游玄"。所谓"色"，《世说新语·文学》刘孝标注曰："《支道林集·妙观章》云：'夫色之性也，不自有色。色不自有，虽色而空。故曰色即为空，色复异空。'"②即色空注重"色"与一切法皆因缘而生起，"色"的本质是空。而对"空"的理解可见于《大小品对比要钞序》，其文曰：

> 其为经也，至无空豁，廓然无物者也。无物于物，故能齐于物；无智于智，故能运于智。是故夷三脱于重玄，齐万物于空同，明诸佛之始有，尽群灵之本无，登十住之妙阶，趣无生之径路。何者邪？赖其至无，故能为用。……若存无以求寂，希智以忘心，智不足以尽无，寂不足以冥神。③

---

① 葛晓音：《东晋玄学自然观向山水审美观的转化——兼探支遁注〈逍遥游〉新义》，《中国社会科学》1992 年第 1 期。
② 余嘉锡撰，周祖谟、余淑宜整理：《世说新语笺疏》，中华书局 1983 年版，第 223 页。
③ （清）严可均校辑：《全上古三代秦汉三国六朝文》，中华书局 1958 年版，第 2366 页。

支遁认为般若经的核心思想是"空"，而"空"即是"无"。进而提出"本无""至无"的概念，万物归于无，"至无"方能为用。汤用彤对此已指出："支法师即色空理，盖为《般若》'本无'下一注解，以即色证明其本无之旨。盖支公宗旨所在，固为本无也。"①文中"存无以求寂""希智以忘心"之语，意欲说明达到存无与希智的境地便可求寂而忘心，"尽无"与"冥神"是臻于此境的方法。

在他看来，真正能够达成此境界的，便只有"至人"，故又曰：

> 夫至人也，览通群妙，凝神玄冥，灵虚响应，感通无方。建同德以接化，设玄教以悟神，述往迹以搜滞，演成规以启源。或因变以求通，事济而化息，适任以全分，分足则教废。故理非乎变，变非乎理，教非乎体，体非乎教。故千变万化，莫非理外，神何动哉？以之不动，故应变无穷。②

"至人"能够凝神而感应万物，与天地同德，设立玄教以明晓神义，适性而为，各当其分，逍遥而处之，"至人"之神可以不变而应万变。"至人"是支遁所描绘的理想人格，这一形象深受《庄子》"至人"之影响，可与其《逍遥论》相参看。

《世说新语·文学》曰："支卓然标新理于二家之表，立异议于众贤之外，皆是诸名贤寻味之所不得。"支遁言《逍遥论》之语今见于刘孝标之注，云：

> 支氏《逍遥论》曰："夫逍遥者，明至人之心也。庄生建言人道，而寄指鹏、鴳。鹏以营生之路旷，故失适于体外；鴳以在近而

---

① 汤用彤：《汉魏两晋南北朝佛教史》，武汉大学出版社 2008 年版，第 176 页。

② （清）严可均校辑：《全上古三代秦汉三国六朝文》，中华书局 1958 年版，第 2366-2367 页。

笑远，有矜伐于心内。至人乘天正而高兴，游无穷于放浪；物物而不物于物，则遥然不我得，玄感不为，不疾而速，则逍然靡不适。此所以为逍遥也。若夫有欲当其所足；足于所足，快然有似天真。犹饥者一饱，渴者一盈，岂忘烝尝于糗粮，绝觞爵于醪醴哉？苟非至足，岂所以逍遥乎？"①

所谓"逍遥"，支遁认为是"明至人之心"，即唯有"至人"方可体悟"逍遥"。"至人"能顺天地之正气，游于无穷之境，无所拘束。"物物而不物于物"强调依靠于物但不可为物所制，即遥然之物不力取，非己可为而不为。如此，则可达到"不疾而速"、逍然适之的效果。"至人"应有"至足"，若未能满于"至足"，则难以逍遥。与郭象等人所认为的"夫大鹏之上九万里，尺鷃之起榆枋，小大虽差，各任其性。苟当其分，逍遥一也"②不同，支遁认为鹏与鷃皆有所失，"体外"或"心内"有所不适，故未成逍遥之态，然"至人"因其能够自得与自适，得其"至足"之乐，故成逍遥之境。

由此而知，"至足"之人，方能逍遥自得，凝神玄冥而感通万物。如此万物则归于"空"、归于"无"，而后便可"游玄"，体悟玄理之说。而实现这一境地的关键，在于通过"尽无""冥神"以成之。

支遁《咏怀诗五首（其二）》曰：

端坐邻孤影，眇罔玄思劬。偃蹇收神辔，领略综名书。涉老咍双玄，披庄玩太初。咏发清风集，触思皆恬愉。俯欣质文蔚，仰悲二匠徂。萧萧柱下回，寂寂蒙邑虚。廓矣千载事，消液归空无。无矣复何伤，万殊归一涂。道会贵冥想，罔象掇元珠。怅怏浊水际，

① 余嘉锡撰，周祖谟、余淑宜整理：《世说新语笺疏》，中华书局 1983 年版，第 220-221 页。

② 余嘉锡撰，周祖谟、余淑宜整理：《世说新语笺疏》，中华书局 1983 年版，第 220 页。

几忘映清渠。反鉴归澄漠，容与含道符。心与理理密，形与物物疏。萧索人事去，独与神明居。①

诗人描写自己在参悟老庄之道时的玄想与体悟，表达了对老庄思想的追慕。"道会贵冥想"二句表现诗人通过冥想的方式来参悟佛道之法。"反鉴归澄漠"下六句，诗人以庄周悟道之精神，劝勉自己应使自己的内心归于安定，不为外物干扰，以安逸自在的心态与玄理相合。此诗明确展现出诗人融合玄佛的尝试，冥神以悟玄理，在静坐中感悟佛理之奥妙。

受玄佛思想的影响，在寂静无所纷扰的山水间，参透玄理的真谛，便成了文士生活的一部分。戴逵《闲游赞》云："凡物莫不以适为得，以足为至。彼闲游者，奚往而不适，奚待而不足。故荫映岩流之际，偃息琴书之侧，寄心松竹，取乐鱼鸟，则澹泊之愿，于是毕矣。"②所论与支遁的"至足"理念具有一致性。自适而得是为至足，而闲游于山水松竹间，以鱼鸟琴书为乐，最能体悟到"至足"与自适。正如葛晓音所说："戴逵的这番话说透了支遁的新理对于推动山水游赏的作用。"③事实上，此语亦点明在玄佛合流的思潮下，文人们开始在山水景物间寻求悟道之心，身虽处于万物之中，心却可不拘于物，"物物而不物于物"之谓也。六朝时期，谢灵运等人在支遁"即色游玄"思想的影响下，更进一步领悟山水间所蕴含的玄佛思想，他的山水诗亦趋于成熟。

二、从"游仙""隐逸"到"游山水"

任何一种文体或题材的出现，必然会经历一定的萌芽阶段或是孕育

---

① 逯钦立辑校：《先秦汉魏晋南北朝诗》，中华书局 1983 年版，第 1080-1081 页。

② （唐）欧阳询撰，王绍楹校：《艺文类聚》，上海古籍出版社 1985 年版，第 650 页。

③ 葛晓音：《东晋玄学自然观向山水审美观的转化——兼探支遁注〈逍遥游〉新义》，《中国社会科学》1992 年第 1 期。

时期，山水诗的源起亦是如此。魏晋时期，山水诗虽未自成一派，但在游仙诗、隐逸诗等诗歌类型中已见山水因素的存在。

就游仙诗而言，魏晋文人欲通过求仙得长生，从而摆脱现实的纷杂愁绪，远离不安无奈的人生境地，遂寄情于诗。诗人在创作时，通过想象描绘遍访名山寻仙、采灵药的情景，如此则多涉写景之语。如郭璞《游仙诗十四首》（其十）云：

> 璇台冠昆岭，西海滨招摇。琼林笼藻映，碧树疏英翘。丹泉漂朱沫，黑水鼓玄涛。寻仙万余日，今乃见子乔。振发晞翠霞，解褐被绛绡。总辔临少广，盘虬舞云軺。永偕帝乡侣，千龄共逍遥。①

起首六句即以"璇台""西海""招摇"等语点出寻仙过程中所见之景，琼林、碧树环绕其间，丹泉、黑水流淌而过，以细腻的笔触描绘出仙山及周边之状貌。"寻仙"以下数句则述其寻至王子乔，不再为世俗之务所缠，与仙人共享千年逍遥之乐。诗中对仙境之刻画，实则基于现实山水，再植入传说的元素，因而在诗人虚构的景象中，读者仿佛亦置身其间。

郭璞的《游仙诗》中还有不少摹写山水的诗句，如：

> 旸谷吐灵曜，扶桑木千丈。朱霞升东山，朝日何晃朗。回风流曲棂，幽室发逸响。（其八）②
> 采药游名山，将以救年颓。呼吸玉滋液，妙气盈胸怀。登仙抚龙驹，迅驾乘奔雷。鳞裳逐电曜，云盖随风回。手顿羲和辔，足蹈阊阖开。东海犹蹄涔，昆仑蝼蚁堆。遐邈冥茫中，俯视令人哀。（其九）③

---

① 逯钦立辑校：《先秦汉魏晋南北朝诗》，中华书局 1983 年版，第 866 页。
② 逯钦立辑校：《先秦汉魏晋南北朝诗》，中华书局 1983 年版，第 866 页。
③ 逯钦立辑校：《先秦汉魏晋南北朝诗》，中华书局 1983 年版，第 866 页。

前一首诗中，以"旸谷""扶桑""朱霞""朝日"等语勾勒出仙境日出时分的景象，诗人叙写见旭日东升、听回风从耳边吹过的场景，以渲染其寻仙过程的真实感。后一首诗中，首二句说明采药以求长生，"呼吸"以下八句又描述诗人在仙界的体验，妙气充盈胸间，手抚飞龙，驾乘奔雷，追逐闪电，以云为盖，随风而回。这些虽然都是想象之语，但"东海犹蹄涔，昆仑蝼蚁堆"等描述又显然基于现实中登高望远的体验。

郭璞的《游仙诗》虽处处表现仙山仙境，但作者所言登山周游之情状，皆不离现实生活，在他的笔下，登临山水成为游仙的一部分。作者将山水景物刻意仙化，而这一创作过程，也推动了山水诗的产生与发展。正如有学者所指出："郭璞的游仙诗，虽然山水景物的描写还只是一部分，其中还有非现实的仙界，但他在刻画自然景物的形象上，为后来山水诗人提供了丰富的经验。"①

游仙诗中出现的山水因素，表明诗人们已有意识将现实生活中所见自然美景，通过想象融入诗歌创作之中。又如：

　　　　青青陵上松，亭亭高山柏。光色冬夏茂，根柢无雕落。吉士怀真心，悟物思远托。扬志玄云际，流目瞩岩石。(何劭《游仙诗》)②
　　　　峥嵘玄圃深，嵯峨天岭峭。亭馆笼云构，修梁流三曜。兰葩盖岭披，清风绿隙啸。(张协《游仙诗》)③
　　　　邛疏炼石髓，赤松漱水玉。凭烟眇封子，流浪挥玄俗。崆峒临北户，昆吾眇南陆。层霄映紫芝，潜涧泛丹菊。昆仑涌五河，八流萦地轴。(庾阐《游仙诗》)④

何劭《游仙诗》从求仙之路所见山林之景起笔，作者有感于松柏的

---

①　李文初等：《中国山水诗史》，广东高等教育出版社 1991 年版，第 15 页。
②　逯钦立辑校：《先秦汉魏晋南北朝诗》，中华书局 1983 年版，第 649 页。
③　逯钦立辑校：《先秦汉魏晋南北朝诗》，中华书局 1983 年版，第 748 页。
④　逯钦立辑校：《先秦汉魏晋南北朝诗》，中华书局 1983 年版，第 875 页。

高大长青，从而引出"吉士怀真心"，希望寄心于仙道，追求自由无拘的生活状态。

张协《游仙诗》今仅见此六句，诗篇对仙境山水的刻画颇为生动。先是以"峥嵘""嵯峨"形容山势之陡峭，突出仙境之难至；又写位于山之高处的"亭馆""修梁"，上与浮云、日月相接摩；再从远处着眼，从视觉与听觉两方面描绘高山周边的景致，花树披盖山体，风声在山间呼啸。层层递进，由远及近，再由近及远，手法多变，用语精炼，已见其山水描摹之功力。

庾阐之诗，首四句分别讲述邛疏、赤松、封子、玄俗四位神人的事迹，表现出对神仙脱离俗世、超然物外生活的向往与希冀。"崆峒"以下六句皆是写景，"崆峒""昆吾"言南北皆有仙山环绕，紫芝、丹菊生长其间，五河、八流涌出，诗人笔下的山水变得灵动而带有神性，通过仙山灵水、仙草奇花营造出神妙而充满生机的天上人间。

从何劭、郭璞到东晋庾阐等人，他们的游仙诗中对山林景物均有较多的描绘，且写景的手法也更趋于成熟，在他们的笔下，仙境是奇幻与真实的交错，既是虚无缥缈的想象世界，又带有现实自然的烙印。在以追求长生、找寻心灵慰藉的游仙过程中，他们主动亲近山水，因而感知到更多来自湖光山色的美，体会到别样的人间，山水诗正在此过程中孕育、成型。

不只是游仙诗，隐逸诗中所蕴含的山水因素，同样促进了山水诗的形成与发展。"退隐"这一话题，千百年来一直便是文人们难以绕过的抉择与纠结。魏晋时人，在庄老"自然无为"思想的影响下，使得他们更渴望追寻一种心灵无羁无绊的生活方式。他们对现实社会的无力与厌倦，遂转而向"江海山林"中走去。

西晋之后的隐逸诗，更多关注于个人的内在精神状态，更积极体会在与自然同化过程中的见闻与感触，他们旨在通过行游的逍遥，进而至于心灵的超然，从而更好地"体道""体玄"。张华《赠挚仲治诗》曰：

　　君子有逸志，栖迟于一丘。仰荫高林茂，俯临渌水流。恬淡养玄虚，沉精研圣猷。①

　　此诗是赠友之作，在作者笔下，当时文人们大多希望隐匿于丘谷之中，在高林渌水间，沉心于玄虚之道，淡泊以明志。随着与自然环境的接触不断深入，诗人们对山林、溪流等自然之物的描绘也更为具体细致，如左思《招隐诗二首》（其一）云：

　　杖策招隐士，荒涂横古今。岩穴无结构，丘中有鸣琴。白雪停阴岗，丹葩曜阳林。石泉漱琼瑶，纤鳞或浮沈。非必丝与竹，山水有清音。何事待啸歌，灌木自悲吟。秋菊兼糇粮，幽兰间重襟。踌躇足力烦，聊欲投吾簪。②

　　首四句讲述作者希望到荒芜之地寻觅隐士，"岩穴无结构"表明此处人迹罕至，然却听到山中有琴音。继而"白雪"以下四句，由听觉转为视觉描写，山阴仍有白雪存积，山北阳林中又开着红花，泉水激荡着山石，鱼儿在水中上下游动，构思精妙，视觉由远及近，由高及低，既有"白雪""丹葩"之静物，亦有"石泉""纤鳞"之动象，动静结合，山间之景致尽收眼底。"非必"六句承接而下，在如此清幽静谧而充满闲趣之处，"山水""灌木"自可与丝竹之音相媲美，"秋菊""幽兰"亦可供其吃穿。末二句则展露诗人想要抛却世俗之务而隐居林间的质朴愿望。
　　陆机、张协等人的此类诗作中亦注重对自然风物的摹写：

　　明发心不夷，振衣聊踟蹰。踟蹰欲安之，幽人在浚谷。朝采南涧藻，夕息西山足。轻条象云构，密叶成翠幄。激楚伫兰林，回芳

---

① 逯钦立辑校：《先秦汉魏晋南北朝诗》，中华书局1983年版，第621页。
② 逯钦立辑校：《先秦汉魏晋南北朝诗》，中华书局1983年版，第734页。

薄秀木。山溜何泠泠，飞泉漱鸣玉。哀音附灵波，颓响赴曾曲。至乐非有假，安事浇淳朴。富贵苟难图，税驾从所欲。（陆机《招隐诗》)①

结宇穷冈曲，耦耕幽薮阴。荒庭寂以闲，幽岫峭且深。凄风起东谷，有渰兴南岑。虽无箕毕期，肤寸自成霖。泽雉登垄雏，寒猿拥条吟。溪壑无人迹，荒楚郁萧森。投耒循岸垂，时闻樵采音。重基可拟志，回渊可比心。养真尚无为，道胜贵陆沉。游思竹素园，寄辞翰墨林。（张协《杂诗十首》其九）②

陆机之诗起首"明发"四句即道出因心中不畅，而欲往隐士之处排遣疏解。"朝采"至"颓响"皆言其幻想中的隐逸生活，日出而作，日落而归。"轻条""密叶"在山间自由生长，茂盛而高大；以"激楚""回芳"借指风声，山风于林间吹过，可听到二者碰撞之声响；山石上有溪流淌过，亦可听其水流声，这样的风声、水声在山谷中蔓延而回荡着。末四句亦是表明对现实遭际的不满，意欲抛却尘世之牵绊而归隐山林。

不同于陆机、左思停留于思想上的归隐，张协晚年"弃绝人事，屏居草泽"③，此诗便是其真实隐居生活的写照。"结宇"二句即展现出诗人在山间耕种的生活状态，而后言其所居之处的周边环境，荒庭寂静，山洞在险峭的崖壁间，风起于东，云兴于南，"肤寸自成霖"说明此地常有降雨。"泽雉"以下四句的描绘，极具生活化气息，野鸡在田垄上鸣啼，猿猴因寒冷在树上嚎叫，沿着河岸走，又不时能听到砍柴声，皆为诗人真实的见闻，展现出动态的空谷画卷。诗人在此幽山之境中，收获了宁静与安定，崇尚自然无为的养生方式，在书籍笔墨中寄托情志。

西晋之后的诗人提及"隐逸"，更多是出于对现实生活愤懑与不满，

---

① 逯钦立辑校：《先秦汉魏晋南北朝诗》，中华书局 1983 年版，第 689-690 页。

② 逯钦立辑校：《先秦汉魏晋南北朝诗》，中华书局 1983 年版，第 747 页。

③ （唐）房玄龄等：《晋书》卷 55，中华书局 1974 年版，第 1519 页。

故其对山水景物的诸多描写，并非真实体验后的写实，而是基于想象之上的文学创作，这与六朝山水诗的写实性记述有很大的不同，但这种对山水的关注与细腻刻画，在很大程度上又一次推动了山水诗的兴起。同时陆机、左思、张协等人的隐逸诗创作，亦为山水诗的创作手法提供了很多积极的、可供借鉴的经验。

前文提到，刘勰认为山水诗的出现时间大致在南朝宋初，然山水诗的兴起绝不是一蹴而就的，魏晋以来山水审美的观念呈现出不断增强的势头，山水因素亦在其他诗体中得以孕育与发展。东晋以后，山水诗已颇具雏形，范文澜于《文心雕龙·明诗》注云："写山水之诗，起自东晋初庾阐诸人。"①自庾阐等人开始，文人真正对自然风光予以真切的关注与欣赏，并将这种收获的美感通过投入大量的笔墨来记录。庾阐曾多游湘楚之地，"余忝守衡南，鼓枻三江，路次巴陵，望君山而过洞庭，涉湘川而观泪水"②，其性好山水，故写有不少的纪游山水诗。如《三月三日临曲水诗》云：

　　暮春濯清汜，游鳞泳一壑。高泉吐东岑，洄澜自净荥。临川叠曲流，丰林映绿薄。轻舟沉飞觞，鼓枻观鱼跃。③

该诗以"暮春"句开头，交待三月三日上巳节正值暮春时节，根据习俗，人们在曲水边濯洗。"游鳞"以下五句皆是诗人所见之景，俯身近看水中有鱼儿在自由游动，远眺见泉水自东岑山上流下，水波激荡而发出声响。河水蜿蜒，草木丰茂，"叠""映"二字展现了河流的跌宕绵延与林野的绿意。"轻舟"二句言诗人在此泛舟饮酒，观鱼赏景。诗中虽不曾言说诗人之心情，然其欣悦自得之情溢于言表。尤是"游鳞泳一

① （梁）刘勰著，范文澜注：《文心雕龙注》，人民文学出版社 1958 年版，第92 页。
② （唐）房玄龄等：《晋书》卷 92，中华书局 1974 年版，第 2385 页。
③ 逯钦立辑校：《先秦汉魏晋南北朝诗》，中华书局 1983 年版，第 873 页。

壑"之句，不仅写出游鱼自在貌，亦与前句"清氿"相呼应，用语精妙凝练。

又有《观石鼓诗》云：

> 命驾观奇逸，径骛造灵山。朝济清溪岸，夕憩五龙泉。鸣石含潜响，雷骇震九天。妙化非不有，莫知神自然。翔霄拂翠岭，绿涧漱岩间。手澡春泉洁，目玩阳葩鲜。①

开篇"命驾"二句交代背景，诗人为观石鼓，而径自造访灵山。"朝济"二句纪其行旅生活，清晨渡过清溪，夜晚宿于五龙泉边。"鸣石""雷骇"表现的是远处有山石发出鸣声，又有雷声响彻九天。"妙化"二句是诗人感叹天地万物之神妙，一切皆是自然而为。又见飘浮的云气仿佛与青山相触，翠绿的涧水冲刷着岩石。"手澡"二句写得颇有情趣，作者在洁净的春水中洗手，双目注视着阳光照耀下的鲜花。诗中"妙化"二句有玄言之风蕴含其中，诗人将所见所闻之佳境归之于自然之道，但诗歌中更多表现出来的是，诗人有意识地追求探寻山水之美，主动地游山玩水，这是"游"的观念推动下的美的历程。

永和九年的兰亭雅集无疑是一个重要事件，其时王羲之、谢安、孙绰等人共赴流觞曲水、即兴赋诗。王羲之《兰亭集序》有"此地有崇山峻岭，茂林修竹；又有清流激湍，映带左右，引以为流觞曲水，列坐其次"②之语，这一表述明确说明此次的兰亭集会，正是因山水形胜促成，这是自觉游于山水的表现，身处山水之间，可畅谈玄理，又可激发诗性。兰亭雅集得诗 37 首，今移录二首于下：

> 三春启群品，寄畅在所因。仰望碧天际，俯磐绿水滨。寥朗无

---

① 逯钦立辑校：《先秦汉魏晋南北朝诗》，中华书局 1983 年版，第 873-874页。

② 李剑锋校注：《兰亭集校注》，山东大学出版社 2019 年版，第 6 页。

厓观，寓目理自陈。大矣造化功，万殊莫不均。群籁虽参差，适我无非新(王羲之《兰亭诗二首》其二)。①

　流风拂枉渚，停云荫九皋。莺语吟修竹，游鳞戏澜涛。携笔落云藻，微言剖纤毫。时珍岂不甘，忘味在闻韶。(孙绰《兰亭诗二首》其二)②

王羲之将玄言与山水相结合，"三春"二句即点明暮春时节万物萌生，遂能以景触情。"仰望""俯磐"二句对周遭环境进行描写，作者在此碧天绿水间，于寥廓无边的自然中，引发对玄理的参悟。"大矣"其下四句便由写景转入谈玄，言说万物之道实为一，追求的是与物相适、自然无为之道。

相较于王羲之，孙绰之诗写景的内容更多，前四句既有"流风""游鳞""澜涛"之动景，又以"枉渚""九皋""修竹"等静物相配，在动与静之间，透露出闲适的意趣。后四句亦落脚于说理，意为得此适性之处，如闻韶而不知肉味，突出其淡然自处的心境。

以玄理入诗是东晋诗歌的重要表现，但从中亦能看出这一时期的文人有意识将山水风光纳入玄言诗，这体现出他们对自然山水这一客观审美对象的重视与追求，"至少在兰亭诗人时代，山水美感与老庄玄趣已具有同等的地位"③，这也为不久之后谢灵运等六朝诗人寄情山水的诗歌风潮的到来奠定了坚实的基础。

随着刘宋时代的到来，山水诗也进入全面发展的时期。经过长期道家思想的浸化，东晋后玄佛思潮的推动，加之游览风气亦助长了文人们主动走近山水、感受自然界的魅力，山水诗真正走出游仙、隐逸等诗歌题材的限制，独立成为中国诗歌的一大门类。而该时期最具代表性的诗人——谢灵运，亦是魏晋以来山水题材创作的集大成者，对中国山水诗

---

① 逯钦立辑校：《先秦汉魏晋南北朝诗》，中华书局 1983 年版，第 895 页。
② 逯钦立辑校：《先秦汉魏晋南北朝诗》，中华书局 1983 年版，第 901 页。
③ 王国璎：《中国山水诗研究》，中华书局 2007 年版，第 111 页。

派的发展与走向产生了深远的影响。《宋书·谢灵运传》曰:"爰逮宋氏,颜、谢腾声。灵运之兴会标举,延年之体裁明密,并方轨前秀,垂范后昆。"①谢灵运于山水诗创作用力甚勤,对当时诗风的转变具有引领与示范作用。

谢灵运摹写山水之作甚多,其中不乏名篇佳作。如历来人们熟知的《石壁精舍还湖中作》一诗:

> 昏旦变气候,山水含清晖。清晖能娱人,游子憺忘归。出谷日尚早,入舟阳已微。林壑敛暝色,云霞收夕霏。芰荷迭映蔚,蒲稗相因依。披拂趋南径,愉悦偃东扉。虑澹物自轻,意惬理无违。寄言摄生客,试用此道推。②

此诗作于景平二年(424),其时值诗人辞官归居于始宁。"昏旦"四句,诗人首先赞叹山水之美景,总能让人心情愉悦以致流连忘返。其下八句以时间顺序记叙其游玩经过,"出谷"二句言出发之时日色已渐衰,"林壑"下四句则是所见之晚景:林壑间集聚着暮色,天边收起了傍晚的雾霭;菱荷茂盛地叠交在一起且相互映照,蒲稗相互依靠而生长。至"披佛"二句,诗人已至岸边,拨开草丛走上南径,愉快地回到居室。末四句归于说理,意为若能清心寡欲,外物自会变得无足轻重;若是心中惬意,便不会与道相乖背,愿养生人士能够以此道理推之于己。

谢诗长于在叙事写景后,引入说理内容。这种景、情、理三者结合的写作模式,自然受此前玄言之风的影响,但他亦在此基础上有所发展,他的体玄部分与其游于山水的过程和感受密切相关,并非刻意为之。又如《东山望海》(一名《郡东山望溟海》)诗云:

---

① (梁)沈约:《宋书》卷67,中华书局1974年版,第1778-1779页。
② 顾绍柏校注:《谢灵运集校注》,中州古籍出版社1987年版,第112页。

开春献初岁，白日出悠悠。荡志将愉乐，瞰海庶忘忧。策马步兰皋，绁控息椒丘。采蕙遵大薄，搴若履长洲。白华皓阳林，紫蘦晔春流。非徒不弭忘，览物情弥遒。萱苏始无慰，寂寞终可求。①

　　此诗写于景平元年（423），当时诗人仍在永嘉郡之任上。"开春""白日"之语与"荡志"二句形成转折与反差，此时是新年伊始，又是一天的开始，本应积极有为，但诗人却是为消忧而来观海。"兰皋""椒丘"二语取自《离骚》"步余马于兰皋兮，驰椒丘且焉止息"②，在长有兰花的水边驱马而行，在椒丘处停下驻足。又沿着草木丛生处采摘香草，"蕙""若"皆香草名，诗人旨在言说自己如屈原一般，志存高洁，然始终没有明主赏识。"白花"二句意谓在南面的树林中有白花盛开，紫蘦在春水中是如此耀眼。末四句是说见此景不仅不能忘忧，反而忧心更甚，即使有萱草也无济于事，而寂寞无为之道终可得之。谢灵运受庄老思想影响颇深，在其仕途不顺之时，表现出归隐而居、以存其志的愿望，以道家自然无为的思想努力排遣其忧思。这首诗很好地做到了寄情于景，情景交融，末句之理与诗中所描绘的香草等事物浑然一体。

　　此外，东晋之后，受玄佛合流思潮的影响，很多文人不仅体悟玄理，对佛理也有所感触，谢灵运亦有诗言佛理，如《过瞿溪山饭僧》云：

　　　　迎旭凌绝嶝，映泫归溆浦。钻燧断山木，掩岸墐石户。结架非丹甍，藉田资宿莽。同游息心客，暧然若可睹。清霄扬浮烟，空林响法鼓。忘怀狎鸥鲦，摄生驯兕虎。望岭眷灵鹫，延心念净土。若乘四等观，永拔三界苦。③

────────

① 顾绍柏校注：《谢灵运集校注》，中州古籍出版社 1987 年版，第 66 页。
② （宋）洪兴祖撰，白化文等点校：《楚辞补注》，中华书局 1983 年版，第 16-17 页。
③ 顾绍柏校注：《谢灵运集校注》，中州古籍出版社 1987 年版，第 90 页。

此诗前六句描写诗人在行旅间的见闻，迎着旭日登上险峭的小径，身影倒映在水流中，看到山中有人砍断山木以取火，用泥土封塞门户，屋舍素朴，在荒芜的土地上耕种。诗人以写实的手法，还原了真实而简陋的山林生活。"同游"以下四句则言同行僧人的居所已隐约可见，远处有浮烟袭来，又听到空林中传来寺院的鼓声。"忘怀"二句意为出家人能够抛却尘世的俗念，与鱼鸟共栖，亦奉行养生之道，可驯养虎兕。末四句说遥望山岭眷恋佛教圣地，内心向往着极乐净土；若领悟到佛教教义，便能永远摆脱人世间的苦难。

谢灵运的重要贡献，不仅仅在于创作山水诗的数量之多，更为关键的是，他在诗歌意境的渲染与山水景致的描绘方面有鲜明的特点，即有意识地追求用词的精练与生动。如"池塘生春草，园柳变鸣禽"（《登池上楼》）①一句，"生""变"这两个动词的使用，便将冬去春来的时节变换形象地展现出来，"春草""鸣禽"又从视听方面表现出春日万物复苏的一派生机景象，此句亦将久未出门的诗人见到春景时的惊喜之情表现出来。又有"白云抱幽石，绿筱媚清涟"（《过始宁墅》）②、"云日相辉映，空水共澄鲜"（《登江中孤屿》）③、"野旷沙岸净，天高秋月明"（《初去郡》）④等，皆是写景之佳句，读之有身临其境之妙，这也体现出谢灵运拥有独到的对美的发现与观察能力。

继谢灵运之后，鲍照与谢朓也是山水诗的代表诗人。在他们笔下，诗作中已少谈玄理，更多是在山水的游览中即景触情，更多关注于自己的内心情感。如鲍照《还都至三山望石头城》云：

> 泉源安首流，川末澄远波。晨光被水族，晓气歇林阿。两江皎平迥，三山郁骈罗。南帆望越峤，北榜指齐河。关扃绕天邑，襟带

---

① 顾绍柏校注：《谢灵运集校注》，中州古籍出版社 1987 年版，第 64 页。
② 顾绍柏校注：《谢灵运集校注》，中州古籍出版社 1987 年版，第 41 页。
③ 顾绍柏校注：《谢灵运集校注》，中州古籍出版社 1987 年版，第 84 页。
④ 顾绍柏校注：《谢灵运集校注》，中州古籍出版社 1987 年版，第 98 页。

抱尊华。长城非鋈崄，峻岨似荆芽。攒楼贯白日，橧堞隐丹霞。征
夫喜观国，游子迟见家。流连入京引，踟蹰望乡歌。弥前叹景促，
逾近倦路多。偕萃犹如兹，弘易将谓何。①

　　开篇二句即写三山下之滨江，眺望其源头，又看着澄净而泛起波澜
的江水远去。"晨光"二句意为清晨阳光在江面上汇聚，山间有云气散
发出来。继而视线再向远处延伸，"两江"二句讲的是两江在晨光照耀
下缓缓流过，青葱翠郁的三山一同骈列。"南帆"二句言向南可通越，
向北可通齐，"关扃"六句写石头城的地理位置优越，山川屏障环绕，
如长城般有高山险阻守护着此处，城中亭楼高耸入日，城墙在朝霞中隐
没。又以"征夫""游子"不得归引出诗人的思乡之情，亦透露出疲于奔
波的无奈与愁绪。

　　此外，谢朓有名作《晚登三山还望京邑》云：

　　　　灞涘望长安，河阳视京县。白日丽飞甍，参差皆可见。余霞散
　　成绮，澄江静如练。喧鸟覆春洲，杂英满芳甸。去矣方滞淫，怀哉
　　罢欢宴。佳期怅何许，泪下如流霰。有情知望乡，谁能鬒不变。②

　　此诗为谢朓出守宣城途中，在三山上还望京邑时有感而发。"灞
涘"二句引王粲回望长安、潘岳回看洛阳之典，以言说自己对家乡的不
舍。"白日"以下六句皆是登高所见之景，句句精妙，尤以"余霞"二句
为佳。飞檐画栋在夕阳的照耀下，参差错落；晚霞洒落在江上如五彩
的织锦一般，澄净的江水静静流淌好像白绢似的；喧闹的鸟儿充满着
洲渚，各色的花朵长满了原野。谢朓写景之功力于此处可见一斑，静
景之中又加上"喧鸟"，既能感受到周边静谧空旷的环境，亦显现出

---

　　① 逯钦立辑校：《先秦汉魏晋南北朝诗》，中华书局1983年版，第1292页。
　　② 逯钦立辑校：《先秦汉魏晋南北朝诗》，中华书局1983年版，第1430-1431
页。

春日的一派生机景象。"去矣"以下诗人紧接着便将其思绪拉入现实中，不知自己要离开多久，依旧怀念那送别的宴会；惆怅不知何时能相会，想到此便流下泪水；凡有情之人皆会思乡，谁能不会因此而白了头呢？

六朝以来，山水诗趋于成熟，无论是写景构思，还是写作技巧，皆有出色的进步。而山水诗的勃兴，是文人对客观外在世界的一次有益探寻与重要尝试。从谢灵运、鲍照以及谢朓等人的山水诗作中，我们能够看到山水诗逐渐摆脱两晋玄风的影响，更深入关注个人的内心世界，山水之游进一步自觉。

三、"游"的自觉

山水诗的兴起，除了受魏晋以来老庄、玄学的"自然""适性"观念以及玄佛合流思潮等思想方面的影响之外，还应当注意到审美主体对于"游山玩水"这一行为的主动性与重视度，这也便是"游"的自觉。文人墨客自觉地想要亲近山水、驻足于山水间，主动地希望在自然的风光中或是参悟玄理，或是宣泄释放个人的情感，这也是审美主体的审美意识提高的表现。

梁代萧统在编定《文选》时，在诗歌部分并未单列"山水"一门，而是将山水诗主要归入"游览""行旅""赠答"等，可见仍是按照传统的诗歌类型，即以诗人的创作缘由作为划分标准。从中亦能看出，山水诗的出现与文人们生活轨迹的延伸、出行范围的扩大紧密相关。

而东晋时期作为山水诗的孕育阶段，其所处的地理位置也呈现出明显不同于前代的优势。东晋司马王朝偏安江左，中原士家大族亦迁居至以会稽为中心的江南之地。江南山清水秀的自然环境，与以往所见的北方风光有极大的差别，故吸引众多士人居处于此，游赏山水。《世说新语》中有不少相关记述：

顾长康从会稽还，人问山川之美，顾云："千岩竞秀，万壑争

流，草木蒙笼其上，若云兴霞蔚。"(《世说新语·言语》)①

王子敬云："从山阴道上行，山川自相映发，使人应接不暇，若秋冬之际，尤难为坏。"(《世说新语·言语》)②

许掾好游山水，而体便登陟。时人云："许非徒有胜情，实有济胜之具。"(《世说新语·栖逸》)③

刘尹云："孙承公狂士，每至一处，赏玩累日，或回至半路却返。"(刘注：《中兴书》曰："承公少诞任不羁，家于会稽，性好山水。及求鄞县，遗心细务，纵意游肆，名阜胜川，靡不历览。")(《世说新语·任诞》)④

《世说新语·言语》记有顾恺之、王献之二人游览会稽之事，会稽境内山川秀美，游之则令人沉醉其中。"王子敬"条有刘孝标注曰："《会稽郡记》曰：会稽境特多名山水，峰崿隆峻，吐纳云雾。松栝枫柏，擢干竦条，潭壑镜彻，清流泻注，王子敬见之曰：'山水之美，使人应接不暇。'"⑤面对如此胜景，诗人们自会流连于此，真切的游赏体验，更能激发他们的创作热情，客观上为山水诗的勃兴提供了有利的外在条件。

"许掾"即许询，他钟情山水，《建康实录·许询传》亦载有"因家于

----

① 余嘉锡撰，周祖谟、余淑宜整理：《世说新语笺疏》，中华书局 1983 年版，第 143 页。

② 余嘉锡撰，周祖谟、余淑宜整理：《世说新语笺疏》，中华书局 1983 年版，第 145 页。

③ 余嘉锡撰，周祖谟、余淑宜整理：《世说新语笺疏》，中华书局 1983 年版，第 662 页。

④ 余嘉锡撰，周祖谟、余淑宜整理：《世说新语笺疏》，中华书局 1983 年版，第 750 页。

⑤ 余嘉锡撰，周祖谟、余淑宜整理：《世说新语笺疏》，中华书局 1983 年版，第 145 页。

山阴，询幼冲灵，好泉石，清风朗月，琴酒永怀"①，又《隐录》云：
"（询）隐在会稽幽究山，与谢安、支遁游处，以弋钓啸咏为事。"②这也
反映出生活环境对个人的深刻影响，许询生长于山阴，饱览山川胜景，
故有志于隐逸生活，而不愿出仕为官。此外，孙承公即孙统，亦好游览
名山大川。此人亦参与了王羲之的兰亭集会，有《兰亭诗》传世。

　　东晋士人雅好山水，适情而乐，他们对"自然""万物"的认识较之
于前人更为深入，这得益于他们真正地融入山水间，而在如此真实多样
的景致面前，以往想象中的"游仙"之处，也就不再是主流，转而致力
于在山水间感悟玄理、体悟"自然"之道。而名士们这种主动贴近自然
的生活方式的生成，不可或缺的前提便是生活环境的改变，外出游行范
围的扩大。他们不断地向外探索，在崇山峻岭、清流激湍中，努力感受
天地之玄妙，达到与物相合、游心淡泊的境界，改变了以往清谈玄学的
体悟方式，实现从外物中感知玄理，而这样一种由外向内的体悟形式便
也日渐流行起来。

　　到谢灵运时，对山水的探索与发现又达到了一个新的高度。他在出
任永嘉太守时，"郡有名山水，灵运素所爱好，出守既不得志，遂肆意
游遨，遍历诸县，动逾旬朔，民间听讼，不复关怀"③，这一时期，他
写下诸多山水诗篇，如《晚出西射堂》《登永嘉绿嶂山》《登池上楼》等。
其中《登永嘉绿嶂山》一诗云：

　　　　裹粮杖轻策，怀迟上幽室。行源径转远，距陆情未毕。澹潋结
　　寒姿，团栾润霜质。涧委水屡迷，林迥岩逾密。……践夕奄昏曙，

---

① 余嘉锡撰，周祖谟、余淑宜整理：《世说新语笺疏》，中华书局 1983 年
版，第 128 页。

② 余嘉锡撰，周祖谟、余淑宜整理：《世说新语笺疏》，中华书局 1983 年
版，第 128 页。

③ （梁）沈约：《宋书》卷 67，中华书局 1974 年版，第 1753-1754 页。

蔽翳皆周悉。①

他独自携粮踏上幽山，所游之处非常人所往，却是境愈险而景愈奇，溪涧曲折而蜿蜒、树林深远而茂盛。"践夕奄昏曙，蔽翳皆周悉"之语表明诗人行遍山中，周览全貌，甚至连不见天日之处亦有游访。对于谢灵运来说，寻常的山水已经不能满足于他，故常"寻山陟岭，必造幽峻，岩嶂千重，莫不备尽"②，他积极追寻山水佳境，以独入幽境为乐，开掘前人不曾见之景，这也反映出他的审美意识的增强。

此外，游于山水亦是为了适性。其《游名山志序》曰："夫衣食，生之所资；山水，性之所适。今滞所资之累，拥其所适之性耳。"③山水与性灵相通，在山水间能够使自己归于自然，找到本真的自己。同时，从其诸多山水诗中亦能看出，他也是将生活中的不顺与苦闷，通过置身于山水间来排遣与消散，而后世的山水诗更是循着这一路径，进一步强化了景与情的关系，更注重在山水间抒发个人的悲喜之情。

对山水的关注，还与当时文人优游自适、及时行乐的生活态度密不可分。魏晋以来，"生年不满百，常怀千岁忧"④便一直困扰着文人，他们想要在老庄思想的引导下，抛却世俗的杂念，而山水所带来的美感亦能使之暂忘生死，而享受当下。谢灵运《山居赋》云："仰前哲之遗训，俯性情之所便。奉微躯以宴息，保自事以乘闲。愧班生之凤悟，惭尚子之晚研。年与疾而偕来，志乘拙而俱旋。谢平生于知游，栖清旷于山川。"⑤谢灵运面对仕途的不如意时，产生归隐之思，想要安适而居，不为外物所累，随着年岁与疾病的增长，这种想法变得更为强烈，显露

---

① 顾绍柏校注：《谢灵运集校注》，中州古籍出版社 1987 年版，第 56 页。

② （梁）沈约：《宋书》卷 67，中华书局 1974 年版，第 1775 页。

③ 顾绍柏校注：《谢灵运集校注》，中州古籍出版社 1987 年版，第 272 页。

④ （梁）萧统编，（唐）李善注：《文选》卷 29，上海古籍出版社 1986 年版，第 1349 页。

⑤ 顾绍柏校注：《谢灵运集校注》，中州古籍出版社 1987 年版，第 320-321 页。

出其内心对恬静逍遥生活的向往，这也是文人们的共同心态。又如稍早的王羲之《兰亭集序》中提道："夫人之相与，俯仰一世，或取诸怀抱，悟言一室之内；或因寄所托，放浪形骸之外。虽趣舍万殊，静躁不同，当其欣于所遇，暂得于己，快然自足，不知老之将至。"①游览山水，觅得知音，能够让人忘怀生命的短暂与即逝，徜徉于山水间，快然且自足，意在言说山水带给人的乐趣、畅然，使人看淡生死，逍遥自在，生与死皆是自然之道，行乐于当下方是正道。这种观念，也进一步催生了"游"的自觉。

四、结语

中国诗歌源远流长，上可追溯至先秦时期的《诗经》，其中亦有对景物的描写，如"昔我往矣，杨柳依依。今我来思，雨雪霏霏""桃之夭夭，灼灼其华"等②，可以说大自然的景物，一直以来都为诗歌的发展提供丰富的素材与灵感。正如《文心雕龙·物色》所说"岁有其物，物有其容；情以物迁，情以辞发"③，自然事物的变迁，容易引发古往今来文人的思索。因此，山水诗的出现有其必然性。

同时，山水诗的形成，亦具有其独特的发展历程。关于六朝山水诗的出现时间，自刘勰提出形成于"宋初"的论断，便一直成为学界争论的焦点。谢灵运被誉为中国山水诗写作的鼻祖，但并不意味着在他之前山水诗就不存在，换言之，山水诗在六朝的迅猛发展，离不开此前它所经历过的长期孕育过程。谢灵运与其说是山水诗的开创者，毋宁说是魏晋以来山水诗的集大成者。对于山水景物的描摹，在魏晋诗歌中已颇常见，无论是游仙诗、隐逸诗，或是玄言诗中，皆有涉及，当然，在这些

---

① 李剑锋校注：《兰亭集校注》，山东大学出版社 2019 年版，第 8 页。

② (清)阮元校刻：《毛诗正义》卷 9、卷 1，《十三经注疏》，中华书局 2009 年版，第 884、587 页。

③ (梁)刘勰著，范文澜注：《文心雕龙注》，人民文学出版社 1958 年版，第 693 页。

诗歌中，对山水的描写仍处于次要、附属的地位，写景皆是为了其诗歌主题服务的。但也正是对山水之境的刻画与描写，在一次次的创作中，积累了创作经验，至六朝时，对自然景物的描写已经达到相当成熟的地步，多种手法的运用，多种观察视角的变换，多种感官的结合，皆说明山水诗的勃兴是长期孕育、积累的结果。

那么促成山水诗兴起的关键因素，既有思想因素，又有地理、文化等因素。魏晋以来，道家"自然无为""与物同一"的思想逐渐成为主流，继而出现的玄学亦是沿道家思想发展而来，直到东晋，佛教开始兴起，然僧人们在宣扬教义时依然与玄学紧紧相联，便出现玄佛合流思潮。无论是玄学，还是佛教，皆注重追求适性，摒弃对外物的欲望，如此一来，置身于广阔而宁静的山水天地间，便与文士们感知玄理、体悟"自然"的需求相契合。

同时，不仅是思潮的影响，个体意识的觉醒必然会强化对外在空间的探寻力度，优越的山水环境、优游自乐的社会风气，皆促进山水诗的发展。在真正亲近自然，真切体验过山水之貌后，内心所涌现出的对外在世界的新鲜与好奇，便会驱使着他们想要更深入地去发现更多的奇山异水，同时以往不易言说的心绪、未曾感知到的情感在新的空间中油然而生，这是山水的魅力，这亦是物我合一的表现。在游山水的过程中，山水诗愈趋成熟，在六朝时期迎来了重要发展契机。

第三节　清代京滇诗路的宦游诗歌
——以张鹏翮等人为例

通过考察地域、环境及个人经历对诗歌创作的影响与作用，可进一步认识诗歌的创作背景和作者的心路历程。有清一代，诗人重视通过行游充盈自己的创作素材、丰富自己的诗歌内容，正如蒋寅所指出的，清人为应对写作困境，旅行成为诗人摆脱日常经验的一种方式，"到清代，不仅游览诗更加专门化、规模化，往往自成一集，就是一般的征行诗也常带有游览色彩"①。

清代雍乾时期的在朝诗人中,如张鹏翮(1688—1745)、彭启丰(1701—1784)、倪国琏(? —1743)等人,皆担任过云南乡试的考官。他们在往返京滇的差旅途中写下不少诗歌,题材丰富,如山水游历诗、题壁诗、唱和诗等,有的还单独辑录成集,如张鹏翮的《使滇集》、倪国琏的《滇行集》等。本书以张鹏翮以及其他同时代诗人的诗作为依据,结合当时的交通要道与驿站情况,感受他们在京滇之行中的所见所闻,探究旅程背后所蕴含的政治意味,同时亦能够进一步认识清代交通路线与宦游文学创作之间的密切关系②。

一、清代雍乾时期京滇路线概述

雍正十三年(1735),张鹏翮与倪国琏奉旨到云南主持乡试,二人于此次滇行途中即景赋诗,唱和不断。后二人将其所写之诗辑录为集,分别命名为《使滇集》与《滇行集》。此外,张鹏翮的友人,如张照(1691—1745)、彭启丰、王峻(1694—1751)等人亦先后分别于雍正四年(1726)、雍正十年(1732)、乾隆元年(1736)去往云南主持乡试,有关京滇之行的诗作亦不在少数。这些诗歌中,尤以倪国琏之诗对所经之处的记录最为详尽,是了解此行的重要资料。本节拟以倪诗所记为基础,结合其他诗人的作品中所提及的地名,勾勒出雍乾时期京滇路线以及沿途山水胜地的概貌。

据倪国琏《滇行集》所述,他于是年闰四月十九日奉命典试滇南,二十八日从京城出发,一路多走水道,途经河北安肃、庆都、邯郸到河南新郑、叶县、新野,再到湖北襄阳、宜城,湖南清化驿、武陵、辰

---

① 蒋寅:《生活在别处——清诗的写作困境及其应对策略》,《文学评论》2020 年第 5 期。

② 陶文鹏指出:"宦游诗是诗人做官赴任旅中、任职期间以及卸任归途所写的诗。"见氏撰《论王十朋的山水诗与宦游诗》,《西南民族大学学报》(人文社会科学版)2013 年第 3 期。

溪，再由贵州铜仁、塘头、遵义、贵阳、亦资孔，进入云南霑益州、板桥驿终至试院，其时已近中秋，同行的张鹏翀到达试院后写下《试院二首》，其中有"记取南中殊物候，菊庵开日是中秋"①之句。所经之地多达四十余处，历时长达四个月。回程则经过贵州黄平、施秉、镇远等地，再到湖南辰溪、湖北襄阳、宜城等地一路返京。

次年，王峻往返京滇的路线大体如下：乾隆元年（1736）五月三日从京城出发，经由河北柏乡、邯郸到河南新郑、禹州、昆阳，再到湖北襄阳、宜城、建阳，湖南武陵、沅陵、便水驿，进入贵州青溪、镇远、贵阳、普定等地，由亦资孔入云南霑益州等地，而后到达试院。返程亦沿此路线。因清代对于公务人员的差旅路线有严格的规定，需按照指定的路线行驶，《清会典事例》中明确记有"（顺治）十五年提准：公务差往……湖北、湖南、广西、云南者，由河南路……均于勘合火牌内明白填注，不许枉道"②，故张照、彭启丰等人之前往返京滇的行程路线亦是如此，不再赘述。

值得注意的是，张、倪二人当时抵达贵州境内时，正逢清溪、黄平等地发生苗人叛乱，故为避开动乱之地，二人在贵州至云南途中有改道，故与王峻等人的路线有所不同。张鹏翀在《江滩夜月醉歌》中也有提及，"迩来小丑复伺衅，夜半窃发黄平阿。清溪失守玉屏逼，此地无恙居犹那"③，即指此事。今考《清实录》对雍正十三年苗乱事件的经过有详细记录，如"五月癸卯"条载有："据湖广总督迈柱等陆续奏报，台拱逆苗不法情形，黄平、施秉一带，俱遭其扰害。似此，则黄平以西之重江安驿、凯里汛及大风洞地方、施秉偏东之青溪所属及焦溪地方，周

---

① （清）张鹏翀：《南华山人诗钞》，《清代诗文集汇编》第 264 册，上海古籍出版社 2010 年版，第 284 页。
② 《清会典事例》第 8 册，中华书局 1991 年版，第 669 页。
③ （清）张鹏翀：《南华山人诗钞》，《清代诗文集汇编》第 264 册，上海古籍出版社 2010 年版，第 281 页。

围二三百里，恐皆不免践踏。"①改道要经过皇帝的批准才能执行，倪国琏纪录："由省溪循山，历提溪、塘头诸处，转西入遵义出修文至贵阳，凡行十八日，所经皆高坡深箐，径狭不容骑，往往策杖徒行，时秋日颇烈，诸兵卫或有不烦言，抵塘头遣之还他，汛兵乃递接送深山，中遇村寨观者如堵墙，县令皆遣人治具迎候，然旅店极逼仄，日与牛宫豕栅为邻，竟夕不得寐，盖从来主试驿程所未经也，天恩深厚，命绕道以远苗疆，途虽甚险，而心则安恬，圣主之远恤，小臣洵周且至矣，谨述绕道篇六十韵以纪之"，已说明改道原委，二人在辰溪换舟沿辰水至麻阳而进入贵州铜仁、省溪、提溪、塘头、遵义、修文、贵阳等地，而王峻等人从湖南到贵州的路线则是从辰溪到便水驿，沿水路到贵州青溪、镇远、施秉、黄平、贵阳等地，之后的路线便相合，皆是由贵阳经普定、亦资孔进入云南。

二、京滇诗路与文学创作

从京城到滇南的途中，多走水路，又云贵之间多崎岖山路，一路跋山涉水，耗时极长，免不了旅途劳顿。诗人在这种环境下作诗记录，一方面借此化解途中的疲惫与烦忧之绪，同时行旅路上的所见所闻异于日常生活经验，这种伴随着新鲜感的见闻也便成为诗人们创作中不可或缺的素材。倪国琏为张鹏翀《滇行集》所作的序文提道："及抵常德，已奉世宗宪皇帝恩命，敕抚臣等以兵卫使者绕道行。于是由铜江历省溪、提溪诸苗境，出遵义转入贵阳，皆向来使辙所未及者。故境愈险，而诗亦愈奇。"②诗人在面对险峻的征途时，亦怀有游赏山水的雅致，考其诗作，诗歌题材广泛，有山水游历诗、题壁诗、唱和诗等，将所经之处与所见之景于笔下记录成诗，使得奇胜佳境能在新的诗篇中流传至今。

---

① 《清实录》第 8 册，中华书局 1895 年版，第 905 页。

② （清）张鹏翀：《南华山人诗钞》，《清代诗文集汇编》第 264 册，上海古籍出版社 2010 年版，第 277 页。

(一) 山水游历诗

清人在寻求诗歌创新方面用力甚勤，正如蒋寅所指出的："凡有应试、游幕、出使经历的作者，集中无不留下这样的写作痕迹。前代作者或许只写几个感兴趣的地方，但清人却不自觉地将游历的地点全部记载下来。如果将各家集子里保存的入京沿途所作加以对比，相信题目的重复率会很高，明显表现为一种群体性的倾向。"[①]因此从清人诗集中能够看出这种将差旅与游览相结合的模式。在驻扎停留地附近如有名山胜景，清人亦会前往游赏，以充实旅程。换句话说，清人在努力淡化这种差旅的被动性，展现出主动饱览山水的意愿。

如张鹏翀，在前往滇南途中因改道而历经险滩及大风大浪，皆有诗记之，气势恢宏，非仅记录寻常之景，其触及的内心思绪亦颇多，如《江滩夜月醉歌》一诗：

> 白榆历历明秋河，天边旧梦乘槎过。谁知蛮江此行役，危滩百折随盘涡。但看溪丁守寒钓，讵有天女投飞梭。朝来隘走石马洞，篙声石骨相戛磨。泄云穷岫插天表，攀幽无路窥嵯峨。六龙(山名。连亘百里，旧为苗人所据)守隘万人阻，仰面但听苗猱歌。中朝制府智且勇，骏马直突金盘陀。至今父老庆安枕，留兵馈饷防巢窝。黔中自古介巴蜀，竹王既殪开牂牁。镂铜画斧各有以，难服易叛寻干戈。迩来小丑复伺衅，夜半窃发黄半阿。清溪失守玉屏逼，此地无恙居犹那。篷窗朝餐杂风露，戍堠夜枕春涛波。行穿鬼国度滇海，仄径尚隔千峰坡(滇水多名海，大山亦称坡)。此间地恶苦多雨，天连乌撒云垂蓑。今宵风月美无价，纵少弦管饶吟哦。薄批细抹聊共赏，先庚后甲原同科。帝乡万里望金阙，将将玉珮联朝珂。一时恩命共持节，未审巧拙谁争多。支机有石傥可赠，云锦无

---

①　蒋寅：《生活在别处——清诗的写作困境及其应对策略》，《文学评论》2020 年第 5 期。

样栽如何。朋来大寒利共济，先否后喜理不讹。嗟予少小涉忧患，神仙富贵双蹉跎。祇期晚境稍啖蔗，褰帷一笑希灵娥。江空夜永万籁息，山城更漏闻鸣鼍。触篷倦仆呼不醒，残釭手剔花瑳瑳。放歌声欲满天地，惊起山鬼披烟萝。愿倾天河洗兵甲，华星宝月光摩挲。①

是年六月，张鹏翀经水路到达贵州铜仁境内，一路上多危滩漩涡相伴，加之当时贵州发生苗变，诗人于诗中皆有提及。篇首的"白榆历历明秋河"一句，点明此时当夜晚时分，古乐府《陇西行》中有"天上何所有，历历中白榆"②之句。天上有星辰广布于天河，夜空之下有使臣乘槎渡河，此处的"乘槎"与下文的"天女飞梭""支机石"相应。沿途又多经激流险滩，"篙声石骨相戛磨"写出了峡口的空间窄小、行船之艰辛，"泄云"以下四句描绘了六龙山的壮美景致，江水两边山势高峻、山路幽深，云峰直入天际，难以攀援。诗歌同时交待了苗人自古以来依托此险要的地形，盘踞在此。接着，作者展开对时事的论说，此时正逢贵州清溪、黄平等地发生苗人叛乱，这也为诗人此行增添了诸多的不平与忧闷。诗中提到的"中朝制府智且勇"，便是指雍正年间鄂尔泰等人开辟"生苗"地区的功绩，而后苗人却反抗不断，"难服易叛寻干戈"正是说明这种现象，收复人心并非一朝一夕便可实现之事。诗歌继而记述黔地多苦雨，江涛汹涌，字句间能感受到诗人的此次行旅备尝颠簸之苦，因此面对江中见月、星空明朗之景，有"今宵风月美无价，纵少弦管饶吟哦"之句，可见其兴奋、愉悦之情，遂诗兴大发，感触良多，一方面感谢同行好友倪国琏一路上的相伴，"薄批"以下六句记述了二人在旅途中批风抹月、吟诗作对以打发无趣的时光，诗人亦自谦不以作诗之拙速论诗之好坏，也是对倪国琏此前在诗中称赞其"摇笔成吟章"的回应；

---

① （清）张鹏翀：《南华山人诗钞》，《清代诗文集汇编》第 264 册，上海古籍出版社 2010 年版，第 281-282 页。
② （宋）郭茂倩编：《乐府诗集》，中华书局 1979 年版，第 542 页。

再论及自己对于人生的感悟，在历经险阻之后，诗人仍持有豁达乐观的心态，坚信否极泰来，"稍唻蔗""希灵娥"表明其所期望的不过是生计得以勉强维持，能有红颜知己倾听心中所想，即物质与精神上的双重满足。"江空夜永万籁息，山城更漏闻鸣鼋"则将诗人的思绪拉回现实，仆人已熟睡，周边的一切声响归于寂静，只能听到水中鼋鼍发出的声音，则更显静谧之感，此句颇有老杜"江月去人只数尺，风灯照夜欲三更。沙头宿鹭联拳静，船尾跳鱼拨剌鸣"①之意境。结尾"愿倾"二句，既表达了对守边将士的关切之心，又展现了当晚星月照耀、江上光影斑驳的胜景。此篇不单为写景而作，间杂时事、心绪，于宁静的月夜中将心中所蕴含的种种心事倾泻出来，当下之时局与缥缈之思绪相合，久积的忧愁与一时的愉悦相融，一气呵成，不落俗套而又显现出深厚的写作功力。

倪国琏亦有不少描述贵州境内水路崎岖而滩险之诗，如《宿八盘头》：

> 屈曲滩流阻，凫鹭亦惆怅。况此舟中人，思越云外嶂。日行不满站，怕听水声壮。中流绝攀援，退鹢逐飞浪。舟人弃篙橹，徒手功亦创。推舟上石棱，奇欲比畀荡。篷底坐难安，作字如蚯状。努力饱新粳，籐篋幸无恙。夜来潺潺雨，溪狭愁暴涨。叮咛戒仆夫，酣卧险莫忘。灯照漏痕干，局蹐卷碧帐。惧触潜螭怒，坐待山难唱。明发到江口，登陆神始王。置身千仞巅，万壑一回望。②

这首诗有老杜之风，详细展露了行路之难。前八句先以"凫鹭惆怅""水声势壮""中流绝迹"以及"舟中人"表达对云嶂之外的向往，强

---

① （唐）杜甫撰，（清）仇兆鳌注：《杜诗详注》，中华书局 2015 年版，第 1531-1532 页。

② （清）倪国琏：《春及堂诗集》，《清代诗文集汇编》第 292 册，上海古籍出版社 2010 年版，第 539 页。

调舟行之处险峻的环境。与杜诗“轻摇逐浪鸥”相较，此处的“退鹢逐飞浪”更显现出水急浪高的境况。“舟人”以下四句则是夸赞船夫技术高超，“奡荡”一语见于《论语·宪问》“奡荡舟”①，以此来展现舟人能在险滩中执掌船舵自如。“篷底”四句是诗人舟中生活的写照，水面颠簸，因此日常生活也受拘束。“夜来”四句又接上文“舟人”，天气恶劣，诗人叮嘱船夫虽熟悉水路但仍要小心，不可大意。“灯照”四句谓大雨过后水漫过的船板已干，诗人小心地卷起幔帐，害怕触怒螭蛟再有风浪。末四句则是作者对于登陆江口的期望，回望千壑万嶂，亦含有对于来路不易之慨叹。整首诗意在突出滩险路难行，所刻画的诗人蜷缩无趣之态恰能显露出旅途中乏味而烦忧之感。

彭启丰在雍正十年往滇南途中亦有不少描写山水景致的作品，如过湖南辰阳写有《观山中云气作歌》一诗：

> 君不见岱云肤寸兴触石，雨施下界茫茫白。又不见巫峰娟妙云物奇，高唐宫观何迷离。我行楚岫亘千里，滃然万斛生足底。缥缈常披蕙带青，氤氲不散炉烟紫。冉冉一气来无痕，阴晴皆见忘朝昏。深林拾级触岚瘴，危梯引步穿云根。巉岩遮不断，更听泉声落天半。云泉荡激乍迷离，非色非声两莫判。我欲追寻采药翁，割取片片收囊中。偶然出岫非有意，功成戢影还虚空。②

这首古体诗将云气与山景相融的精致予以生动地展现，用典不俗且不着痕迹，有着鲜明的个人风格。开篇“君不见”“又不见”四句，点出雨后云气缭绕山间、四处茫茫的景象，而“巫峰”“高唐”寥寥数语，便将人带入楚王与神女相遇的世界中，亦与这朦胧的意境相契合。“滃

① （清）阮元校刻：《论语注疏》卷14，《十三经注疏》，中华书局2009年版，第5453页。

② （清）彭启丰：《芝庭先生集》，《清代诗文集汇编》第296册，上海古籍出版社2010年版，第419-420页。

然"指云气腾涌、烟雾弥漫貌，又以"万斛"修饰，更显烟云环绕于绵延的山峦之貌；"缥缈""氤氲"与"青""紫"之间构成一幅日暮时分的苍林晚照图。"深林"以下四句随着诗人的步伐逐级登上山的高深处，"危梯""穿云根"皆在强调山行之狭窄高险。"云泉"更是将云气遮挡其间，故远处的泉水之声可听而不可见，且听而不真切的特点描摹出来。结尾四句以其空灵迷蒙的意象引发诗人之思，以"采药"喻隐居避世，"出岫"便是对应的出仕之道，诗人有功成而隐退之志，意谓功名终归于虚无之间。纵观整首诗，诗意连贯，依于此景而又不拘于此境，颇有神韵。

清人在山水名胜题材诗歌的创作中，注重对具体景象的描摹与刻画，或是驻足停留之际，或是顷刻留意之时，他们皆能捕捉到景象并使之成为创作的源泉，尽可能展现出"只我一人"所独有的见闻。加之身临山水之间，诗人心中积聚的某些思绪与情感得以激发。

（二）唱和诗

在漫长而艰辛的旅程中，诗人间的相互唱和、即景联吟也成为他们生活的一部分，也是能很好地拉近彼此间距离的一种互动方式。例如，张鹏翀与倪国琏的诗集今皆可见，考其二人在使滇途中的唱和之作共有22首，张集中存有6首，倪集中有16首，从诗中亦见二人此次同行相处融洽。此外，王峻诗集中有4首是与同行史钟衡的酬唱之诗，彭启丰有1首。

张鹏翀为人洒脱豪迈，又于诗书画各方面皆颇为擅长，常引得众人称赞，且诗才敏捷，顷刻即成，时人甚为佩服。倪国琏在与张鹏翀的交往中，亦常夸称张鹏翀的诗画之才，表现出对前辈的敬重之心。在其为张鹏翀所作的序文中写道："先生天才敏逸，咳唾随风，即成珠玉。余以钝拙勉为步趋，汗流走僵，瞠乎其后。先生顾不我鄙，抑且引而进之，停车问道之际，倡和不觉遂多。"[1]此外，另有诗如《清化驿舍馆颇

---

① （清）张鹏翀：《南华山人诗钞》，《清代诗文集汇编》第264册，上海古籍出版社2010年版，第277页。

佳,南华前辈留诗并作图于壁,因走笔和之》:

> 此夕有佳寓,正在澧水傍。高楼倚石岸,推窗见垂杨。沙路何
> 逶迤,平林复青苍。中流泊轻舠,荡桨即可航。好风若有期,亭午
> 生微凉。先生心骨清,摇笔成吟章。诗成继以图,双绝传芬芳。人
> 生等逆旅,岂论暂与常。适意且为乐,图书摊满床。今我沽澧酒,
> 愿与君共尝。更看挥醉墨,烟雾飞茅堂。①

此诗前半部分,即"此夕"至"亭午"句,介绍驿馆及周边的环境,
馆舍位于澧水边,由近及远可见垂杨、沙路以及苍林等景物,江水之上
可泛舟而行,微风过处便有丝丝凉意。"先生心骨清"以下四句是称张
鹏翀诗画之才双绝,下笔如有神助;"人生等逆旅""适意且为乐"云云,
皆就张鹏翀恬淡超脱的性情而论,人生就该如此以闲适为安。

今存张鹏翀诗集中不见清化驿留壁之诗,然其集中有《酬毯畴侍御
见赠之作》,是为再和倪国琏之诗。"子歌我和赓,我赋子吟讽。我余
画笔豪,子擅瑶琴弄。枯棋赌乍酬,薄酒饮未痛。稍宽旅客愁,独怯蛮
天壅"②,路途虽遥远而辛苦,但有友人可相陪伴,共同饮酒赋诗,也
是乐趣所在。

此外,倪国琏的《次新郑赠南华前辈》一诗中,有"采风一路吟怀
足,钟吕看君独吐含"③,钦佩前辈赋诗能张口而来,洒洒数句成章。
倪国琏亦工于作画,极为欣赏张鹏翀的山水画作,获得张鹏翀的赠画

---

① (清)倪国琏:《春及堂诗集》,《清代诗文集汇编》第 292 册,上海古籍出
版社 2010 年版,第 533 页。
② (清)张鹏翀:《南华山人诗钞》,《清代诗文集汇编》第 264 册,上海古籍
出版社 2010 年版,第 280 页。
③ (清)倪国琏:《春及堂诗集》,《清代诗文集汇编》第 292 册,上海古籍出
版社 2010 年版,第 531 页。

后，专作诗以报之，有"墨彩流烟辉，触手擅妙灵"①(《武陵客寓南华前辈信笔成佳画，知琏心羡，割爱以赠，因题句报之》)之评价。长时间的使滇之行，也使二人的情谊有了进一步的加深。在回到京都之后，张、倪二人亦有集会唱和，如乾隆二年(1737)秋日，倪国琏曾招集张鹏翀、王峻等人于寓斋饮集，张鹏翀有诗《倪穟畴侍御招饮用前韵二首》以纪之。

乾隆元年，王峻与史钟衡同行到云南主持乡试，从王峻诗作中可见二人当时一路上游赏吟诗，相处甚欢。今考王峻《王艮斋诗集》中有《五月三日出都赴滇，口占赠钟仲恒侍御》《自江陵至屪陵即事感怀，兼示仲恒，即用其发丽阳驿次石桥韵》《武陵江楼邀仲恒玩月》《仲恒得巨鲥鱼作鲙，携酒就江楼共饮，次韵以谢》《镇远登舟简仲恒》《渔人得巨鱼与仲恒分买而鲙之》等皆提及史钟衡。像《自江陵至屪陵即事感怀，兼示仲恒，即用其发丽阳驿次石桥韵》中写有"赖有同心人，相忘我与尔。同舟济江来，片帆凌渺涤。和我渡江篇，待我于水涘"②，《仲恒得巨鲥鱼作鲙，携酒就江楼共饮，次韵以谢》有"嘉会感君携榼至，良宵劝我举杯空"③，诗人与史钟衡共品佳肴、举杯同饮、结伴而行，可消行旅之愁苦，其关系亲近由此可见一斑。

彭启丰有《辰阳江上立秋和赵学斋先辈》，诗题中的"赵学斋"即赵大鲸(1686—1749)，二人是雍正十年云南乡试的考官，这首与赵大鲸的和诗仅存于彭启丰诗集，赵大鲸未有诗文集传世，故二人的唱和情况无从多考。然虽是和诗，写得亦有韵味，可见其功力。其诗如下：

---

① (清)倪国琏：《春及堂诗集》，《清代诗文集汇编》第 292 册，上海古籍出版社 2010 年版，第 533 页。
② (清)王峻：《王艮斋诗集》，《清代诗文集汇编》第 275 册，上海古籍出版社 2010 年版，第 165 页。
③ (清)王峻：《王艮斋诗集》，《清代诗文集汇编》第 275 册，上海古籍出版社 2010 年版，第 165 页。

　　星槎暂泊夕阳楼，对面参差紫翠浮。半郭远吞沅岸绿，疏帘斜卷楚山秋。初惊玉露飘凉夜，更对金波忆别愁。一曲峰青思缥缈，寥回片片碧云流。①

　　诗人一行于黄昏时分暂泊辰阳，于高处俯瞰，城郭与江水相连，沅江边上仍是青翠之地，然秋气已至，略感寒意，秋思亦让人怀忧，思绪缥缈间碧云已流去，秋景亦关秋情。

　　酬唱应和是文人交游过程中的重要环节与方式，不仅展现出个人的诗才，也传达出彼此间相互欣赏、志趣相合的情谊。

(三) 题壁诗

　　李德辉在《唐代交通与文学》一书中专门对唐代题壁诗的创作予以探讨，其中提道："题壁诗的繁荣与文士表现自我、露才扬名的心理动机有关。"②更进一步来看，文士与所题之地构成一种双向关系，文士题壁得以展现个人的文采风流，借此方式为他人所知，同时就所题之地来说，若曾有名士来此处留下墨宝，亦可助其声名显扬，如此一来，题壁诗成为重要的诗歌类型。题壁诗的内容不限，皆有感而发，体裁亦无限制，这也给诗人留下自由发挥的空间。

　　彭启丰有《题邯郸卢生庙壁》一诗：

　　　　华胥风景旧曾谙，旅店驴鸣睡正酣。愿与仙翁借高枕，片时清梦到江南。③

　　此诗作于邯郸卢生庙，卢生即传说中因枕吕仙所赠瓷枕而做了个黄

---

① （清）彭启丰：《芝庭先生集》，《清代诗文集汇编》第296册，上海古籍出版社2010年版，第420页。
② 李德辉：《唐代交通与文学》，湖南人民出版社2003年版，第221页。
③ （清）彭启丰：《芝庭先生集》，《清代诗文集汇编》第296册，上海古籍出版社2010年版，第419页。

梁美梦的儒生，诗人以幽默风趣之语讲述因寺院的驴鸣之声而无法安睡之事，故想借吕仙的瓷枕做好梦一场。

再如《试院题壁二首》：

> 金马峰临百尺楼，文澜簸月涌珠璙。直将天上银河水，泻作昆池九派流。

> 匝月持衡在锁关，秋光烂漫透帘扉。却忘身到天南远，依旧拈豪对紫薇（庭前有紫薇树）。①

其一主要描绘了昆明金马山与昆池的壮美景象，风吹过而月影在水中波动，引发诗人的无限想象。其二则是诗人整月待在试院内，只能透过帘幕而见秋日的风光，以拈弄紫薇花而打发时间。

此外，如张鹏翀在过河北赵州时于柏林寺有题壁诗：

> 赵州屋壁家家水，长恐波涛掀屋起。人言法昉吴道元，遗迹犹存柏林里。我来系马寺门前，独上云堂叹观止。武水跋浪鼋鼍骄，文水漪澜照流绮。壁外浮空若有源，烟中渢洞愁无底。轩然大笔落苍茫，圆劲纵横势谁比。乃知妙法世难传，但得皮毛遗骨髓。便拟长来坐卧看，咫尺好教论万里。王程不缓暂徘徊，洱海盘江谁似此。大师亲受祖庭印（住持玉铉上人为玉琳后嗣），说法还参赵州旨。不须深坐更啜茶，十丈红尘净如洗。②（《柏林寺画壁》）

此诗与倪国琏的《柏林寺看吴道子画水》《游柏林寺晤僧玉铉》是同时所作，赵州柏林禅寺壁上有吴道子所画的"文武水"，历来有不少文

---

① （清）彭启丰：《芝庭先生集》，《清代诗文集汇编》第 296 册，上海古籍出版社 2010 年版，第 421 页。

② （清）张鹏翀：《南华山人诗钞》，《清代诗文集汇编》第 264 册，上海古籍出版社 2010 年版，第 278 页。

人到此游览而留下诗篇，画中右边为武水，左边为文水，其苍茫之势令人赞叹。诗中"武水"以下四句皆是描绘此壁画之美，展现出武水奔腾回荡与文水漫延千里之态，又有留白于其间；观画之后在寺中品赏茶香，洗涤红尘之心。

题壁诗的写作，除了文士为展露其才华之外，还有一种情况是，文士在某处看到故旧的题诗，内心触动，遂和诗题于壁上。如唐代韦应物《呈阁澧州冯少府》的"中有故人诗，凄凉在高壁"①，说的便是这种情形。清人王峻的《澧州水阁和壁间张南华韵》亦是如此。王峻早年在京城任翰林院编修时，便常与张鹏翀等人一同饮酒赋诗，过从甚密，故张鹏翀与王峻的诗作中亦常提及对方。此次王峻在赴滇途中还跨越时空与好友之作进行互动，他路过澧州时，于驿站的墙壁上见张鹏翀的留诗，便依韵作《澧州水阁和壁间张南华韵》：

> 红蕖照水曾迎我，白鹭凌空惯避人。一遇髯张便多思，寻常花鸟尽翻新。
>
> 潺湲澧水绕沙洲，杜若江蓠何处求。日落苍茫无限思，宾鸿嘹泪向南洲。
>
> 沅浦经行又澧湄，西风老柳尚依依。长安日近虽堪恋，只是投林鸟倦飞。②

诗中"髯张"指的便是张鹏翀，"寻常花鸟尽翻新"句赞其擅于作画，且能有新意。之后八句便是"多思"的内容，在外漂泊之时见到友人去年同在此地留下的诗作，其思乡之心绪便难以抑制，"日落""宾鸿""西风""老柳"等意象皆暗含诗人对于官宦生涯不定漂泊的辛酸与无奈之

---

① （唐）韦应物著，陶敏、王友胜校注：《韦应物集校注》，上海古籍出版社1998年版，第412页。

② （清）王峻：《王艮斋诗集》，《清代诗文集汇编》第275册，上海古籍出版社2010年版，第173-174页。

情。此种唱和方式也让题壁诗的数量大为增加，在旅途中遭逢友人的足迹，孤寂与熟悉之感并存，无疑会触发更多的创作。

清代政局的稳定、经济的繁荣以及文化交流的加深，皆促进了文人的外出活动，尤其像典试、出使等因特定公务而前往某地的差旅行程，朝廷对于路线的安排亦有严格的规定。在指定的路线上，诗人们在途中写下诸多诗作，既推动了清诗的繁荣，也造就了诗路的出现与诗路文化底蕴的积聚。

三、差旅生活与心路历程

进入清代之后，随着"文治"的强化，诗教得到大力弘扬，如沈德潜所倡导的"温柔敦厚"诗教观，亦是这种文化政策下的产物。严迪昌指出："'清雅'、'醇正'之风正涤荡或消解被视为不合'指归'的一切变征变雅之调。由雍正朝进入乾隆'十全'盛世后，这种趋势走向在更为严酷的文字狱的威胁下，以及一大批新一代更能体察圣意的文学侍从、乡会试考官、学政督使甚至封疆大吏的八面鼓动导扬中，进一步得到推进。"[1]颜子楠指出，乾隆帝在推崇"文治"方面，他不仅写作大量的诗歌来引领重视"诗学""治道"风气，更常与文学侍从、高级官僚进行君臣唱和，还亲自推举代言人，而张鹏翀则是其中的代表人物之一[2]。在雍乾时期，以张鹏翀、彭启丰等为代表的一大批词臣可以说是官方文学创作的前驱与领军人物，他们不仅要在乡试选拔中贯彻与宣扬皇帝"文以载道""雅正"的创作理念，还在自身的诗歌创作中予以体现，这点在其旅途的诗作中有明显的展现。同时，诗人也进一步淡化了个人情感尤其是旅途中所产生的疲累与忧烦情绪。

(一) 君恩与使命

在朝文士既是朝廷公派的乡试考官，又是诗人，在兼具多种身份的

---

① 严迪昌：《清诗史》，浙江古籍出版社 2002 年版，第 652 页。
② 参见颜子楠：《清乾隆时期的京城生态文学》，《北京师范大学学报》(社会科学版) 2020 年第 6 期。

情况下，他们在创作中也呈现出对于皇权的迎合与称颂。

倪国琏《滇行集》的开篇便是《奉命典试滇南（乙卯闰四月十九日）》一诗：

> 帝恩特简重文衡，敢惮驰驱万里行。驿路直通滇南远，使星双入井垣明。关前碧凤鸣秋至，天际卿云应瑞呈。一片昆明池上水，遥怀先与寄澄清。①

诗人以"特简""重文衡"之语，表达了对君王选其为主考官的感念之心；"敢惮"点明个人不畏艰辛的积极态度；其后的"卿云""瑞呈"突显了皇权统治下的一番祥瑞景象；末联更是借"昆明池"之清澈来称颂安定清明的政局。

另外如《二十八日起程出都门书怀》的"吁后君命殷，臣心敢不速""道远别正长，任重恩载沐"②、《抵丽阳驿，见其山势回环可设城郭，以诗纪之》的"今我奉简书，驰驱越阡陌"③、《六月四日渡江闻有苗梗同南华前辈赋》的"此行奉简书，安稳凌浩瀚""国恩勤抚绥，用兵非汗漫"④、《省溪道中和南华前辈韵》的"臣身鸿羽轻，君命玉衡重"⑤等诗句，均表达了对君恩的感激和不辱使命的决心。诗人还通过描绘沿途百姓生活以渲染太平盛世，如《涉沙河迂道行村迳中口占二绝句》中的"村

---

① （清）倪国琏：《春及堂诗集》，《清代诗文集汇编》第 292 册，上海古籍出版社 2010 年版，第 529 页。
② （清）倪国琏：《春及堂诗集》，《清代诗文集汇编》第 292 册，上海古籍出版社 2010 年版，第 529 页。
③ （清）倪国琏：《春及堂诗集》，《清代诗文集汇编》第 292 册，上海古籍出版社 2010 年版，第 532 页。
④ （清）倪国琏：《春及堂诗集》，《清代诗文集汇编》第 292 册，上海古籍出版社 2010 年版，第 533 页。
⑤ （清）倪国琏：《春及堂诗集》，《清代诗文集汇编》第 292 册，上海古籍出版社 2010 年版，第 543 页。

径行看土物滋，儿童饱饭足娱嬉"①。

张鹏翮《酬稜畴侍御见赠之作》的"蒙恩北阙趋，远使南云共"②、《稜畴见示新秋抒怀纪事之作，次韵奉和》的"因之罗国士，借以赞皇猷""恩渥忘重阻，恩深仰善谋"③、《海天阁醉题呈制府尹元长前辈、时斋中丞、颖庵学使、稜畴侍御》的"清时樽俎余筹略，储得英贤报九重。重阻天南未易窥，喜衔恩命到滇池"④，王峻《五月三日出都赴滇，口占赠钟仲恒侍御》的"君恩首荷临轩遣，文柄重司顾影惭"⑤、《自江陵至屡陵，即事感怀，兼示仲恒，即用其发丽阳驿次石桥韵》的"我行奉简书，不惮千万里"⑥，亦属此类。张鹏翮《忠孝里谒岳忠武庙》《卧龙岗谒武侯祠堂》二诗作于参观岳飞、诸葛亮等名人故迹之时，亦有借古说今，表达忠主之心。

综上可见，诗人在差旅途中所作诗歌中或多或少要点明自己的使命，并对皇恩予以感谢，像倪国琏、张鹏翮正逢苗乱事件，又会在诗中对时事进行评说，如"乃闻黔阳苗，反侧路中断。国恩勤抚绥，用兵非汗漫"，在突出苗人反动之举的同时，也注重言说国恩之宽厚仁善。故凡此类诗句，都可反映文人在这种集权模式下的创作倾向，这也成为诗路研究中不可或缺的一部分，对于关注当时整体的文学创作环境亦有重要的参考价值。

---

① （清）倪国琏：《春及堂诗集》，《清代诗文集汇编》第 292 册，上海古籍出版社 2010 年版，第 530 页。

② （清）张鹏翮：《南华山人诗钞》，《清代诗文集汇编》第 264 册，上海古籍出版社 2010 年版，第 280 页。

③ （清）张鹏翮：《南华山人诗钞》，《清代诗文集汇编》第 264 册，上海古籍出版社 2010 年版，第 281 页。

④ （清）张鹏翮：《南华山人诗钞》，《清代诗文集汇编》第 264 册，上海古籍出版社 2010 年版，第 284 页。

⑤ （清）王峻：《王艮斋诗集》，《清代诗文集汇编》第 275 册，上海古籍出版社 2010 年版，第 162 页。

⑥ （清）王峻：《王艮斋诗集》，《清代诗文集汇编》第 275 册，上海古籍出版社 2010 年版，第 165 页。

(二)隐晦的个人情感抒发

诗人们在遵循"雅正""醇正"理念的同时，也会在诗中谨慎表现自己的情感与心绪。

首先，长途跋涉中最普遍的情绪便是因赶路的疲倦与行路的艰难而产生的烦闷与忧虑。倪国琏在出发时写的《二十八日起程出都门书怀》，全诗读来激情昂扬，有不负皇恩之心，末句以"策鞭就王程，风清麦初熟"①作结，寄托了诗人的期许。而后随着行程渐远，身心渐疲，《雨甚留阜城半日》有"马愁泥路滑，人望远天青""无因破孤闷，小酌暂沉冥"②之句，《新野晓行十二韵赠南华前辈》有"清飚削肌凉，露香闻芰荷""自从离国门，路历三千多。既越南阳城，频涉白水波。与君尝暑雨，感君抱微疴"③之句，此时正逢各地多秋雨，路滑难行，多有滞留，加之气候不适，同伴身体亦觉有恙，这些都令人感到忧闷。

尤其在之后的行程中，湘黔之地山水之道皆难通行。彭启丰在《山行三首》中提到"始识豀山险，经行黔楚间""平生爱奇胜，到此惬跻攀"，其经行山路的险峻已经显露，然登顶后又有"身凌众峰顶，登顿不辞劳""辰阳三日路，豀目扫蛮烟"④之感慨，诗人情绪的起伏随路况而变化，更显其攀登之劳苦。《斗狼箐》一诗云"却顾临深秋，侧足神为颤"，此地之危为人所共知，张鹏翀亦有《斗狼箐长歌同毯畴侍御韵》"林深箐密人迹少，纵有绝景谁能探"⑤之句。

张、倪二人改道走辰水一线，水道狭窄而滩险，更令人深感不安。

---

① （清）倪国琏：《春及堂诗集》，《清代诗文集汇编》第 292 册，上海古籍出版社 2010 年版，第 529 页。

② （清）倪国琏：《春及堂诗集》，《清代诗文集汇编》第 292 册，上海古籍出版社 2010 年版，第 530 页。

③ （清）倪国琏：《春及堂诗集》，《清代诗文集汇编》第 292 册，上海古籍出版社 2010 年版，第 531-532 页。

④ （清）彭启丰：《芝庭先生集》，《清代诗文集汇编》第 296 册，上海古籍出版社 2010 年版，第 419 页。

⑤ （清）张鹏翀：《南华山人诗钞》，《清代诗文集汇编》第 264 册，上海古籍出版社 2010 年版，第 282 页。

张鹏翮有《稆畴侍御见示瓮口清浪诸滩作为和一首》，诗中对当时路途的艰险以及个人心理活动有生动的描述："高滩劈箭来，危石中流亚。大舸划波心，小舠穿石罅""险途方饮冰，佳境亦啖蔗。"不过又以"江山险有余，风月美无价"①作结，正符合张鹏翮爱好山水、乐观潇洒的性情。而一道的倪国琏亦于《清浪滩口占》中写道："跻攀分寸难如此，辛苦何心赋远游。"②可见其心有余悸且疲惫的状态。又如《既过铜仁滩益多而且高因备志其上滩之险》有"险矣魂梦悸，快哉心神莹"③，也表现出跟随舟行状况而提心吊胆的局促之态。

其次，身处异乡，面对不同于自己所熟悉的环境时，也容易引发对于家乡的思念与归心。彭启丰在途中见到开得美艳而灿烂的野花，便有"若为移植江南岸，便合妆成锦绣堆"④(《山花二绝》)之语，见到美好的景物便会下意识与家乡相关联，反映其对家乡的热爱。

倪国琏在省溪道中见到熟悉的垂柳，写有"西湖第一桥边树，不见长条又六年"⑤(《垂柳》)，流露出久居在外，对家乡仁和(今属杭州)的想念之情。《游近华浦和韵十六首呈吴颖庵学使》(其一)云："宿鹭眠鸥断客蹊，一湖秋水浸城西。居然潋滟晴光好，只少苏堤与白堤。"⑥近华浦的湖上风光唤起诗人对于家乡西湖的记忆，化用"水光潋滟晴方好"之句，感受到诗人对家乡风物浓烈的眷恋。王峻在《穿石》一诗中明

① (清)张鹏翮：《南华山人诗钞》，《清代诗文集汇编》第 264 册，上海古籍出版社 2010 年版，第 280 页。
② (清)倪国琏：《春及堂诗集》，《清代诗文集汇编》第 292 册，上海古籍出版社 2010 年版，第 536 页。
③ (清)倪国琏：《春及堂诗集》，《清代诗文集汇编》第 292 册，上海古籍出版社 2010 年版，第 539 页。
④ (清)彭启丰：《芝庭先生集》，《清代诗文集汇编》第 296 册，上海古籍出版社 2010 年版，第 420 页。
⑤ (清)倪国琏：《春及堂诗集》，《清代诗文集汇编》第 292 册，上海古籍出版社 2010 年版，第 543 页。
⑥ (清)倪国琏：《春及堂诗集》，《清代诗文集汇编》第 292 册，上海古籍出版社 2010 年版，第 547 页。

言"忽忆少游言，回头念乡邑"①。

此外，旅途的诗篇还透露出诗人对隐逸自由生活的向往，如倪国琏在诗中表达对渔夫惬意生活的羡慕，"饱食鱼虾载儿女，我生不及一渔翁"②(《舟中书所见》)，有对于桃源的向往，"山川犹晋代，鸡犬尚秦村。莫惜成迷误，亲当叩洞门"，但诗末最后引入"主恩思国体，儒术藉兵威"③(《自常德改途由江路至辰州舟中偶吟四首》)，这也反映出桃花源终究属于精神世界，身在尘世之人仍要屈从于现实环境。张鹏翀亦在《白水崖》一诗中写有"饱看银河落九天，不悔万里乘飞鞯。朗吟《逍遥》《秋水》篇，此身定作飞空仙"④，于幽境中别开生面，见此浩荡之瀑布，引起诗人对于飞空之仙的向往，此亦是对于自由的渴望。

诗人的情思总是细腻而丰富的，在当时"文治"的时代背景下，面对旅途中多变的情形与多彩的风景，诗人们在遵循"雅正"原则的基础上，亦会遵从内心情感指向，言说个人的心绪。换而言之，个人的情感体验或趋于隐晦，却不意味着消散，诗歌的"缘情"功能在任何时代都起着重要作用。但同时也要看到，在这一时期，伴随皇权的进一步集中，对于文学创作的限制加强，尤其是在朝诗人这一群体，多重身份的汇集也注定其诗歌思想向皇权靠拢。

四、结语

诗歌与诗路之间是相互依存、紧密相联的，以诗歌还原诗路，又可从诗路追寻诗歌。从诗歌入手，可以更真切地体验诗人所行走过的路

---

① (清)王峻：《王艮斋诗集》，《清代诗文集汇编》第 275 册，上海古籍出版社 2010 年版，第 173 页。

② (清)倪国琏：《春及堂诗集》，《清代诗文集汇编》第 292 册，上海古籍出版社 2010 年版，第 535 页。

③ (清)倪国琏：《春及堂诗集》，《清代诗文集汇编》第 292 册，上海古籍出版社 2010 年版，第 534 页。

④ (清)张鹏翀：《南华山人诗钞》，《清代诗文集汇编》第 264 册，上海古籍出版社 2010 年版，第 282 页。

程，更能体会其内心情感的丰富变化，这也是诗路研究的重要内容。

　　有清一代的文学创作可谓集历代之大成，在前代的极高成就之下，如何找寻到属于自己的诗歌道路，也成为清人共同要面临的挑战。不少诗人从打破日常经验入手，那么离开自己熟悉的环境就是一个很好的办法，因此奉命外出办公就成为创作诗歌的好时机。一些诗人本身就喜爱山水名胜，张鹏翀便是如此，常裹粮往游，兴尽而返，其诗中便多纪山水之胜。

　　京滇之路因其艰难险阻而为人所知，而这也为诗人们提供了丰富的写作素材，通过诗人笔下的记录，我们亦能够领略到奇胜的美景，感受诗人在旅途中所经历的坎坷与喜悦。或是与同行伙伴的小酌，暂且慰藉孤寂的心灵，或是走过崎岖险要山路后眼前的豁然开朗，抑或是用尽全力登上顶峰后"一览众山小"的自豪，皆因凝聚成文字而展现在我们眼前。故诗路的研究不应仅有生涩的阐述，更应从诗作本身入手，体会几百年前清人所体验到的心绪与感受。而一代之诗路亦承载着一代之文化，雍乾时期，"温柔敦厚""清醇"等诗教观占据诗坛，成为诗歌创作的主流理念。毛宣国指出："诗教不再是唤醒人心，挽社会之衰疲，而是迎合最高统治者的政治需要，反映新王朝的政治气象，所以，排斥变风变雅之音，维护中正和平的盛世之音，成为相当一部分士大夫文人的选择。"[①]像张鹏翀、倪国琏、彭启丰在朝为官之人，尤其像张鹏翀可以说是皇帝身边较为亲近的词臣，对于皇帝的心意自然是予以贯彻，故在各类题材的诗歌中会显现出"恩遇""皇恩"之语。很多清诗也正因为无法脱离皇权的禁锢而为后世所诟病，然则从时代的角度来看，这也能让我们更为直观且客观地看到当时诗人整体的创作环境。

---

　　①　毛宣国：《作为清代诗学价值观基础的"温柔敦厚"诗教观》，《中国文学研究》2021 年第 2 期。

参 考 文 献

一、古代典籍(含今人校注)

1. 北京大学古文献研究所编:《全宋诗》,北京大学出版社 1991—1998 年版。

2. (清)陈祚明评选,李金松点校:《采菽堂诗选》,上海古籍出版社 2008 年版。

3. 陈奇猷:《韩非子新校注》,上海古籍出版社 2000 年版。

4. 陈鼓应:《庄子今注今译》,商务印书馆 2007 年版。

5. (唐)杜甫撰,(清)仇兆鳌注:《杜诗详注》,中华书局 2015 年版。

6. (唐)房玄龄等:《晋书》,中华书局 1974 年版。

7. (宋)范仲淹著,李勇先、王蓉贵校点:《范仲淹全集》,四川大学出版社 2007 年版。

8. (晋)郭象注,(唐)成玄英疏,曹础基、黄兰发点校:《庄子注疏》,中华书局 2011 年版。

9. (晋)郭璞注,(清)洪颐煊校:《穆天子传》,宋志英、晁岳佩选编:《〈穆天子传〉研究文献辑刊》第 1 册,国家图书馆出版社 2014 年版。

10. (宋)郭茂倩编:《乐府诗集》,中华书局 1979 年版。

11. (南朝)顾野王:《宋本玉篇》,北京市中国书店 1983 年版。

12. 顾绍柏校注:《谢灵运集校注》,中州古籍出版社 1987 年版。

13. (宋)洪兴祖撰，白化文等点校：《楚辞补注》，中华书局 1983 年版。

14. (元)郝经：《陵川集》，山西古籍出版社 2006 年版。

15. 黄焯：《经典释文汇校》，中华书局 1980 年版。

16. (魏)嵇康著，戴明扬校注：《嵇康集校注》，人民文学出版社 1962 年版。

17. (晋)陆机著，张少康集释：《文赋集释》，人民文学出版社 2002 年版。

18. (梁)刘勰著，周振甫注：《文心雕龙注释》，人民文学出版社 1981 年版。

19. (梁)刘勰著，范文澜注：《文心雕龙注》，人民文学出版社 1958 年版。

20. (唐)李白撰，(清)王琦辑注：《李太白全集》，中华书局 2015 年版。

21. (宋)李纲：《李纲全集》，岳麓书社 2004 年版。

22. (清)李渔：《李渔全集》，浙江古籍出版社 2014 年版。

23. 李剑锋校注：《兰亭集校注》，山东大学出版社 2019 年版。

24. 逯钦立辑校：《先秦汉魏晋南北朝诗》，中华书局 1983 年版。

25. 黎翔凤撰，梁运华整理：《管子校注》，中华书局 2004 年版。

26. (清)倪国琏：《春及堂诗集》，《清代诗文集汇编》第 292 册，上海古籍出版社 2010 年版。

27. (唐)欧阳询撰，汪绍楹校：《艺文类聚》，上海古籍出版社 1985 年版。

28. (清)彭启丰：《芝庭先生集》，《清代诗文集汇编》第 296 册，上海古籍出版社 2010 年版。

29. (清)钱澄之撰，殷呈祥校点：《庄屈合诂》，黄山书社 2014 年版。

30. (清)阮元校刻：《十三经注疏》，中华书局 2009 年版。

31. (汉)司马迁：《史记》，中华书局 2014 年版。

32.（梁）沈约：《宋书》，中华书局 1974 年版。

33.（清）沈德潜：《说诗晬语》，《清代诗文集汇编》第 235 册，上海古籍出版社 2010 年版。

34.（梁）陶弘景著，王京州校注：《陶弘景集校注》，上海古籍出版社 2009 年版。

35. 唐圭璋编撰，王仲闻参订，孔凡礼补辑：《全宋词》，中华书局 1999 年版。

36.（汉）王逸撰，黄灵庚点校：《楚辞章句》，上海古籍出版社 2017 年版。

37.（魏）王弼注，楼宇烈校释：《老子道德经注校释》，中华书局 2008 年版。

38.（唐）王维撰，陈铁民校注：《王维集校注》，中华书局 1997 年版。

39.（清）王先谦撰，沈啸宸、王星贤点校：《荀子集解》，中华书局 1988 年版。

40.（清）王士禛：《带经堂集》，《清代诗文集汇编》第 134 册，上海古籍出版社 2010 年版。

41.（清）王峻：《王艮斋诗集》，《清代诗文集汇编》第 275 册，上海古籍出版社 2010 年版。

42.（清）王先慎撰，钟哲点校：《韩非子集解》，中华书局 1998 年版。

43. 王元化：《文心雕龙讲疏》，广西师范大学出版社 2004 年版。

44. 王贻梁、陈建敏：《穆天子传汇校集释》，华东师范大学出版社 1994 年版。

45.（汉）许慎：《说文解字》，中华书局 1963 年版。

46.（梁）萧统编，（唐）李善注：《文选》，上海古籍出版社 1986 年版。

47.（梁）萧子显：《南齐书》，中华书局 1974 年版。

48. 徐元诰撰，王树民、沈长云点校：《国语集解》，中华书局2002年版。

49.（清）严可均校辑：《全上古三代秦汉三国六朝文》，中华书局1958年版。

50. 袁珂校注：《山海经校注（增补修订本）》，巴蜀书社1992年版。

51.（南朝）钟嵘著，陈延杰注：《诗品注》，人民文学出版社1980年版。

52.（宋）朱熹：《四书章句集注》，中华书局1983年版。

53.（明）张溥辑：《汉魏六朝百三名家集》，江苏古籍出版社2001年版。

54.（清）章学诚著，叶瑛校注：《文史通义校注》，中华书局1985年版。

55.（清）张鹏翀：《南华山人诗钞》，《清代诗文集汇编》第264册，上海古籍出版社2010年版。

56. 余嘉锡撰，周祖谟、余淑宜整理：《世说新语笺疏》，中华书局1983年版。

57. 牟世金：《文心雕龙译注》，《牟世金文集》第2册，人民文学出版社2022年版。

58. 张双棣：《淮南子校释》，北京大学出版社2013年版。

59. 杨伯峻：《论语译注》，中华书局1980年版。

二、专著

1. 包兆会：《庄子生存论美学研究》，南京大学出版社2004年版。

2. 陈民镇等：《上博简楚辞类文献研究》，花木兰文化出版社2014年版。

3. 陈鼓应：《管子四篇诠释：稷下道家代表作解析》，商务印书馆2006年版。

4. 成复旺：《神与物游——中国传统审美之路》，山东人民出版社

2007 年版。

5. 崔大华：《庄学研究——中国哲学一个观念渊源的历史考察》，人民出版社 1992 年版。

6. 龚鹏程：《"游"的精神文化史论》，河北教育出版社 2001 年版。

7. 顾实：《穆天子传西征讲疏》，商务印书馆 1934 年版。

8. 葛晓英：《山水田园诗派研究》，辽宁大学出版社 1997 年版。

9. 葛兆光：《中国思想史》，复旦大学出版社 2001 年版。

10. 黄天树主编：《甲骨文摹本大系》，北京大学出版社 2022 年版。

11. 黄德宽主编：《古文字谱系疏证》，商务印书馆 2007 年版。

12. 姜亮夫：《楚辞今绎讲录》，云南人民出版社 1999 年版。

13. 李学勤主编：《字源》，天津古籍出版社 2012 年版。

14. 李零：《丧家狗——我读〈论语〉》，山西人民出版社 2007 年版。

15. 李泽厚：《美学三书》，天津社会科学院出版社 2003 年版。

16. 李伯齐：《中国古代纪游文学史》，山东友谊书社 1989 年版。

17. 李文初等：《中国山水诗史》，广东高等教育出版社 1991 年版。

18. 罗宗强：《魏晋南北朝文学思想史》，中华书局 2006 年版。

19. 刘生良：《〈庄子〉文学阐释接受史》，科学出版社 2015 年版。

20. 刘永济：《屈赋通笺·笺屈余义》，中华书局 2007 年版。

21. 刘笑敢：《庄子哲学及其演变》，中国社会科学出版社 1987 年。

22. 李德辉：《唐代交通与文学》，湖南人民出版社 2003 年版。

23. 钱钟书：《管锥编》，中华书局 1979 年版。

24. 钱穆：《国学概论》，商务印书馆 2011 年版。

25. 汤用彤：《汉魏两晋南北朝佛教史》，武汉大学出版社 2008 年版。

26. 唐君毅：《中国文化之精神价值》，九州出版社 2021 年版。

27. 王国维著，徐调孚注：《人间词话》，人民文学出版社 1960 年版。

28. 王钟陵：《中国中古诗歌史》，人民出版社 2005 年版。

29. 王国璎：《中国山水诗研究》，中华书局 2007 年版。

30. 王凯：《逍遥游——庄子美学的现代阐释》，武汉大学出版社 2004 年版。

31. 吴镇烽编：《商周青铜器铭文暨图像集成》，上海古籍出版社 2012 年版。

32. 韦凤娟：《空谷流韵》，中华书局 1997 年版。

33. 徐宝贵：《石鼓文整理研究》，中华书局 2008 年版。

34. 徐复观：《中国艺术精神》，商务印书馆 2010 年版。

35. 徐复观：《中国人性论史·先秦篇》，上海三联书店 2001 年版。

36. 严迪昌：《清诗史》，浙江古籍出版社 2002 年版。

37. 章培恒、骆玉明主编：《中国文学史》，复旦大学出版社 1997 年版。

38. 宗白华：《艺境》，安徽教育出版社 2006 年版。

39. 郑杰文：《穆天子传通解》，山东文艺出版社 1992 年版。

三、期刊、辑刊论文

1. 白长虹：《〈文心雕龙·神思〉中"神与物游"之"游"试析》，《社会科学辑刊》2002 年第 4 期。

2. 常金仓：《〈穆天子传〉的时代和文献性质》，《社会科学战线》2006 年第 6 期。

3. 常金仓：《〈山海经〉与战国时期的造神运动》，《中国社会科学》2000 年第 6 期。

4. 杜绣琳：《试论"游"在〈庄子〉美学范畴中的地位》，《社会科学辑刊》2004 年第 5 期。

5. 陈鼓应：《〈庄子〉内篇的心学（上）——开放的心灵与审美的心境》，《哲学研究》2009 年第 2 期。

6. 陈民镇：《清华简〈心是谓中〉首章心论的内涵与性质》，《中国哲学史》2019 年第 3 期。

7. 陈鼓应：《〈庄子〉内篇的心学（下）——开放的心灵与审美的心境》，《哲学研究》2009 年第 3 期。

8. 陈洪：《论〈楚辞〉的神游与游仙》，《文学遗产》2007 年第 6 期。

9. 陈剑：《甲骨金文用为"遊"之字补说》，《出土文献与古文字研究》第 8 辑，上海古籍出版社 2019 年版。

10. 高恒忠：《〈庄子〉游的过程与审美境界》，《求索》2010 年第 5 期。

11. 耿波：《〈文心雕龙〉中"神与物游"的隐意》，《枣庄学院学报》2013 年第 6 期。

12. 葛刚岩、陈思琦：《玄佛合流下南朝山水诗学的新变——兼谈中外文化的交流与融合》，《中国诗学研究》第 2 辑，安徽师范大学出版社 2021 年版。

13. 葛晓音：《东晋玄学自然观向山水审美观的转化——兼探支遁注〈逍遥游〉新义》，《中国社会科学》1992 年第 1 期。

14. 葛晓音：《山水方滋，庄老未退——从玄言诗的兴衰看玄风与山水诗的关系》，《学术月刊》1985 年第 2 期。

15. 顾颉刚：《穆天子传及其著作时代》，《文史哲》1951 年第 2 期。

16. 顾颉刚：《〈山海经〉中的昆仑区》，《中国社会科学》1982 年第 1 期。

17. 郭本厚：《六朝"游"的自觉与山水诗的兴起》，《旅游科学》2010 年第 2 期。

18. 郭外岑：《释〈文心雕龙·神思〉篇——兼谈我国艺术思维理论形成的特征》，《古代文学理论研究》第 8 辑，上海古籍出版社 1983 年版。

19. 郭守运：《姚澜. 臻于自由的审美——庄子"乘物以游心"的审美阐释与艺术探寻》，《华南师范大学学报》（社会科学版）2023 年第 3 期。

20. 江丹：《自由之"游"：从庄子艺术人生到刘勰艺术境界》，《湖北民族学院学报》2016 年第 4 期。

21. 蒋寅：《超越之场：山水对于谢灵运的意义》，《文学评论》2010 年第 2 期。

22. 蒋振华：《先秦文学神游书写的文化隐义》，《中州学刊》2024 年第 8 期。

23. 金健民：《屈原之〈远游〉与道家思想》，《中国楚辞学》第 1 辑，学苑出版社 2002 年版。

24. 寇效信：《"神思"与形神之辨——对刘勰"神思"论心理机制的考辨》，《陕西师范大学学报》(哲学社会科学版)1986 年第 4 期。

25. 寇效信：《释"神思"》，《文心雕龙学刊》第 5 辑，齐鲁书社 1988 年版。

26. 雷晋豪：《神话地理的理性化——〈穆天子传〉周穆王西行之旅的历史脉络与相关问题》，《中山大学学报》(社会科学版)2023 年第 6 期。

27. 梁晓萍：《庄子审美之"游"与中国艺术精神》，《山西大学学报》(哲学社会科学版)2018 年第 4 期。

28. 李秀男：《〈管子〉四篇学派归属及其对老庄哲学之承变新探》，《江汉论坛》2021 年第 6 期。

29. 李冰雁：《〈文心雕龙〉中"神思"范畴的理论渊源与内涵》，《南京工业大学学报》(社会科学版)2010 年第 3 期。

30. 李健胜：《〈穆天子传〉中的丝路记忆及其共同体建构内涵述论》，《中国文化研究》2024 年冬之卷。

31. 李建中、余慕怡：《求"游"于远："神与物游"新解》，《江汉论坛》2020 年第 5 期。

32. 李春桃：《释散氏盘中的从柚从遊之字》，《青铜器与金文》第 8 辑，上海古籍出版社 2022 年版。

33. 刘涛：《"诗言志"字源学研究辨证》，《江海学刊》2024 年第 2 期。

34. 刘强：《刘勰"庄老告退，山水方滋"说新论——六朝山水审美勃兴的儒学省察》，《同济大学学报》(社会科学版)2018 年第 6 期。

35. 刘荣贤：《从〈庄子〉之"游"看黄老天德观念的形成与发展》，台湾《兴大中文学报》第 29 期，2011 年 6 月。

36. 刘浔、黄颖：《庄子美学中"游"之审美视域》，《牡丹江大学学报》2009 年第 5 期。

37. 罗宗强：《嵇康的心态及其人生悲剧》，《中国社会科学》1991 年第 2 期。

38. 凌郁之：《游仙文学刍论》，《兰州学刊》2006 年第 9 期。

39. 毛宣国：《作为清代诗学价值观基础的"温柔敦厚"诗教观》，《中国文学研究》2021 年第 2 期。

40. 梅新林：《游记文体之辨》，《文学评论》2005 年第 6 期。

41. 马汉钦：《神与物游：从老庄到刘勰》，《唐都学刊》2004 年第 6 期。

42. 漆绪邦：《"玄览"、"游心"和"神思"——道家思想与中国古代文学理论探讨之二》，《北京师院学报》(社会科学版)1985 年第 3 期。

43. 谭明冉：《〈孟子〉〈庄子〉中智故、心气关系比较——以解释学循环为视角》，《哲学研究》2023 年第 4 期。

44. 唐景珏：《〈楚辞·远游〉思想内容探析》，《济南大学学报》(社会科学版)2008 年第 5 期。

45. 童庆炳：《〈文心雕龙〉"神与物游"说》，《龙岩师专学报》1999 年第 1 期。

46. 陶文鹏：《论王十朋的山水诗与宦游诗》，《西南民族大学学报》(人文社会科学版)2013 年第 3 期。

47. 文彦波：《论"游"的审美意蕴的流变及意义》，《绥化学院学报》2008 年第 2 期。

48. 王乐乐：《古代文论"游"范畴阐说》，《绥化学院学报》2008 年第 3 期。

49. 王悦、张勇：《"游戏三昧"的禅学内涵与诗学意义》，《西南交通大学学报》(社会科学版)2023 年第 5 期。

50. 王玉彬：《论庄子"心斋"观念的应物旨归》，《人文杂志》2023 年第 8 期。

51. 王中江：《庄子自由理性的特质及其影响——以"游"为中心而论》，《中国青年政治学院学报》2001 年第 6 期。

52. 薛显超：《中国古典美学"游"范畴探源》，《中国社会科学院研究生院学报》2011 年第 3 期。

53. 徐广东：《从认知之途到体悟之道——论庄子的感知、心知、气知》，《中国哲学史》2022 年第 1 期。

54. 熊红菊、刘运好：《"即色游玄"对谢灵运山水审美之影响》，《北方论丛》2012 年第 6 期。

55. 杨海花、魏刚：《论〈楚辞〉中"游"之抒情特质——兼及后世游仙文学的关系》，《河南教育学院学报》(哲学社会科学版)2014 年第 6 期。

56. 颜子楠：《清乾隆时期的京城生态文学》，《北京师范大学学报》(社会科学版)2020 年第 6 期。

57. 于雪棠：《形神关系视角下〈庄子〉逍遥游意蕴发微》，《励耘学刊》第 26 辑，学苑出版社 2017 年版。

58. 阳淼、田晓膺：《从庄子之"游"到道教"游仙"的审美意蕴》，《海南大学学报》(人文社会科学版)2007 年第 1 期。

59. 吴士新：《"游"的观念与美学意义——从郭熙的山水理想谈起》，《中国美术研究》2021 年第 2 期。

60. 周甲辰：《游：中国式的审美沉醉》，《贵州社会科学》2007 年第 2 期。

61. 祝向军：《"神与物游"中"游"字新解》，《华中师范大学学报》(哲学社会科学版)1991 年第 2 期。

62. 赵海：《"神与物游"中"游"的美学意义》，《四川大学学报》(哲学社会科学版)1994 年第 4 期。

63. 赵沛霖：《两种人生观的抉择——关于〈离骚〉的中心主题和屈原精神》，《北京大学学报》(哲学社会科学版)2008 年第 3 期。

64. 赵沛霖：《〈游仙诗〉的主题及其思想特征》，《北京大学学报》(哲学社会科学版)2013 年第 6 期。

65. 张敬雅：《〈文心雕龙·神思〉研究综述》，《西华师范大学学报》(哲学社会科学版)2015 年第 1 期。

66. 张松辉：《道家对先秦楚辞的影响》，《船山学刊》2003 年第 2 期。

67. 张利群：《庄子之"游"及其审美意义》，《晋阳学刊》1992 年第 2 期。

68. 张杰、赵伟东：《论庄子之"游"之审美指向》，《长江学术》2012 年第 4 期。

69. 张永祥：《从"游于艺"到"逍遥游"的美学思想嬗递》，《诸子学刊》2018 年第 1 期。

70. 邹志远：《痛苦的家园记忆——百年中国文学家园情结的整合性论说》，《东疆学刊》2001 年第 3 期。

71. 种海峰：《当代中国文化乡愁的历史生成与现实消弥》，《天府新论》2008 年第 4 期。

72. 周书灿：《〈穆天子传〉研究述论》，《贵州大学学报》(社会科学版)2003 年第 2 期。

73. 周斌：《中国古典美学"游"范畴的审美演进与文学生成》，《河池学院学报》2013 年第 4 期。

74. 朱立新：《论先唐文学的游仙主题》，《上海师范大学学报》(哲学社会科学版)2010 年第 4 期。

75. 钟元凯：《魏晋玄学和山水文学》，《学术月刊》1984 年第 3 期。

四、学位论文

1. 崔冰洋：《〈穆天子传〉游记特色研究》，青岛大学硕士学位论文，2018 年。

2. 丁艺：《庄子"游"的美学分析》，中南大学硕士学位论文，2008 年。

3. 方荻：《汉字"游"的美学研究》，南京师范大学硕士学位论文，2019 年。

4. 郭本厚：《六朝游文化视野中的山水诗研究》，上海师范大学博士学位论文，2010 年。

5. 孔娜娜：《〈文心雕龙〉对〈庄子〉的接受》，陕西理工大学硕士学位论文，2019 年。

6. 吕亭渊：《魏晋南北朝文论之物感说》，北京大学博士学位论文，2013 年。

7. 刘建玲：《中国古典美学中"游"的美学阐释》，山东师范大学硕士学位论文，2005 年。

8. 刘欣：《〈文心雕龙〉的文学思维探析》，山东师范大学硕士学位论文，2015 年。

9. 刘雪璠：《六朝山水诗研究》，哈尔滨师范大学硕士学位论文，2015 年。

10. 李明杰：《魏晋六朝山水文学的生态审美意蕴》，山东大学硕士学位论文，2019 年。

11. 生岩岩：《中国古典审美活动"游"范畴通论》，山东大学硕士学位论文，2010

12. 孙姣姣：《中国古典美学之"游"性体验的生态意蕴》，山东理工大学硕士学位论文，2013 年。

13. 王丹：《美学视野中的"游"范畴研究》，广西师范大学硕士学位论文，2013 年。

14. 于春媚：《道家思想与魏晋文学——以隐逸、游仙、玄言文学为中心的研究》，首都师范大学博士学位论文，2008 年。

15. 杨昱：《"游"：魏晋山水审美内涵研究》，西南大学博士学位论文，2014 年。

16. 杨胜兰：《论庄子的身体观：离形、合气、游心》，西南大学硕士学位论文，2021 年。

17. 俞琼颖：《轴心时代中国"游"的思想》，华东师范大学硕士学位论文，2009 年。

后　　记

本书的写作分工如下：

绪论由陈民镇执笔。

第一章第一节《"游心"与〈庄子〉心论》、第二节《"游心"说的发展》、第三节《"神与物游"思想探析》以及第三章第二节《山水之游：六朝山水诗的形成与发展》、第三节《清代京滇诗路的宦游诗歌——以张鹏翀等人为例》，由魏逸暄执笔，陈民镇通读、修改。

第二章第一节《"远游"主题的生命美学分析》、第二节《"远游"主题与儒道思想》、第三节《个体意识的觉醒——魏晋游仙诗的时代意义》以及第三章第一节《〈穆天子传〉与纪游文学的萌兴》，由孔祥睿执笔，陈民镇通读、修改。